우리는 열도 침몰을 원한다

우리는 열도 침몰을 원한다 9권

초판1쇄 펴냄 | 2023년 02월 08일

지은이 | 두경
발행인 | 성열관

펴낸곳 | 어울림 출판사
출판등록 / 2009년 1월 23일 제 2015-000062호
주소 / 경기도 고양시 일산동구 무궁화로 43-55, 801호 (장항동, 성우사카르타워)
TEL / 031-919-0122
FAX / 031-919-0127
E-mail / 5ullim@hanmail.net

ⓒ2023 두경
값 9,000원

ISBN 978-89-992-8228-7 (04810)
ISBN 978-89-992-8004-7 (SET)

9

두경 현대판타지 장편소설

우리는
열도 침몰을
원한다

어울림

우리는 열도 침몰을 원한다

목차

필독

　본문에 등장하는 인물과 단체 혹은 기업에 관한 이야기는
실제 존재하지 않는 설정이고, 본문에 등장하는 아만티움
은 존재하지 않는 가상의 금속임을 알려드립니다.

우리는 열도침몰을 원한다

"이렇게 일찍 무슨 일입니까?"

생각보다 이른 시간이 CIA 레이 국장이 백악관으로 찾아왔다.

당연히 대통령을 만나기 위해서였고, 버트너 대통령은 생각보다 일찍 집무실에 도착했다.

"문제가 생겼습니다."

"무슨 일인지 듣기도 전에 골치가 아프군요. 그래, 무슨 일입니까?"

"시날로아 카르텔이 무너졌습니다."

"아니! 갑자기 왜?"

"정확한 원인을 파악하고는 있는데 아마도 강백호 대표가 나선 것으로 보입니다."

"가… 강백호 대표가요?"

"네. 대통령님."

갑자기 맥이 탁, 풀리는 느낌을 받았다.

어쩌면 이렇게 될 거란 것을 예상했으면서 욕심을 부렸었다.

"맙소사. 그게 언젠데 하루아침에 시날로아 카르텔이 무너진단 말입니까?"

"전례 없던 일이라 저희도 분석하느라 분주한 상황입니다."

"그러니까 아직은 추측이란 말입니까?"

"그렇습니다만 어떤 식으로든 강백호 대표가 관련돼 있을 것으로 보입니다."

"왜 그렇게 생각하는 겁니까? 쿠데타가 일어났을 수도 있는 일 아니겠습니까?"

"확실하진 않은데 목격자 중에 드론을 봤다는 사람이 있습니다."

드론을 전술적으로 활용할 수 있는 나라는 한국이고 드론하면 WT그룹이 떠올라서 그렇게 추론하는 거다.

"아무래도 괜한 일을 시작한 모양이군요."

"충분히 시도해볼 만한 가치는 있는 일이었습니다."

"수습해야 할 텐데 어떻게 했으면 좋겠습니까?"

"제가 책임지겠습니다."

"자리에서 물러나겠단 겁니까?"

"네. 제가 강백호 대표를 만나서 말하고 대통령님께 피해 가는 일은 없도록 하겠습니다."

"강 대표도 호락호락한 사람은 아닙니다. 국장이 사과한다고 해서 그냥 넘어가지는 않을 겁니다."

"그래도 어쩌겠습니까? 시도는 해봐야 하지 않겠습니까?"

"이렇게 된 마당에 다른 방법은 없겠습니까?"

대통령은 미련이 남았다.

시날로아 카르텔이 무너졌다는 소리를 듣고도 한국에 패권 국가의 지위를 넘겨주기 싫어서다.

하필이면 자신이 대통령일 때 불명예스러운 전례를 남긴다고 생각한 탓이다.

"다른 방법이라면 어떤?"

"최정예 네이비실을 보내면 가능성이 있겠습니까?"

"확률은 반반입니다만 지금까지 정황을 고려했을 땐 실패할 가능성이 더 크다고 생각합니다."

자존심으로 똘똘 뭉친 레이 국장이 이렇게 말할 정도면 거의 실패한다고 보는 것이 맞다.

실패한 작전 끝에는 늘 머리 아픈 일이 발생하기 마련이다.

"한 시간만 있다가 다시 봅시다."

"네. 대통령님."

속이 쓰린 버트너 대통령은 간단하게 아침을 챙겨 먹은 다음 커피 한잔과 함께 깊은 생각에 빠졌다.

'방법이 없는 건가?'

머리가 지끈거린다.

                            * * *

대통령이 2층으로 올라가고 레이 국장은 대기실에서 기다리다가 먼로 실장과 마주쳤다.

"어? 국장님!"

"실장님이시군요."

"언제 오셨습니까?"

"그게……."

레이 국장은 찡그린 표정으로 이 시간에 왜 여기 있는지를 설명했다.

물론 밝힐 수 있는 얘기만 했다.

"시날로아 카르텔이 무너졌다고 이렇게 일찍 보고한단 말입니까?"

"사정이 있습니다. 제가 할 수 있는 일이 아니라서요. 대통령님께 직접 들으셔야 할 겁니다."

"도대체 무슨 일이길래……."

잠시 후 대통령이 나타났고, 이번엔 비서실장도 회의에

14

같이 참석하게 했다.

"먼로 실장, 사실은……."

"그런 일이 있었군요."

"갑작스럽겠지만 해결책이 있을지 모르겠군."

"우선 시날로아 카르텔을 무너트린 것이 강백호 대표인지부터 확인하는 것이 좋겠습니다."

"하루만 주십시오."

"그럽시다."

레이 국장은 하루 말미를 얻어 백악관을 나섰는데 그들에겐 하루의 시간도 주어지지 않았다.

아마도 이렇게 빨리 내가 나타날 줄은 생각하지 못했던 모양이다.

나는 일부러 클로킹 된 까막수리를 백악관 50미터 높이에 멈추게 했고, 워 머신(외골격 수트)을 장착한 채로 하늘에서 뚝 떨어졌다.

침입자로 생각했는지 백악관에 비상이 걸렸고, 그와 동시에 대통령은 지하 벙커로 끌려가듯이 달려서 이동했다.

"당장 멈춰!"

경호 하나가 날 향해 필사적으로 소리쳤다.

"WT그룹 강백호 대폽니다. 대통령을 만나러 왔으니 연락하세요."

백악관 경호원 중에서 나를 모르는 사람은 없다.

하지만 지금은 워 머신을 장착하고 있으니 안에 누가 있는지 알 리가 없어서 내가 직접 신분을 밝혔다.

"얼굴을 볼 수 있게 메탈 재킷을 벗으시죠."

말투는 정중하지만 내게 총을 겨누고 있었다.

"연락부터 하세요. 다 이유가 있으니까."

"존! 빨리 가서 보고해."

"기다려."

존이란 경호원이 뛰어가고 잠시 후 비서실장이 잰걸음으로 다가왔다.

"강 대표님 맞습니까?"

"네. 먼로 실장님."

"여긴 백악관입니다. 그런 모습이라면 곤란하지 않겠습니까?"

먼로 실장은 당황한 모습이 역력했는데 내가 이러는 이유를 알고 있는 듯했다.

"곤란한 걸 아는 분들이 그런 일을 벌인 겁니까?"

"공격할 거 아니라면 일단 그거 좀 벗어 놓고 얘기하시죠."

피식!

내 웃음이 보이진 않겠지만 애쓰는 것이 안쓰러워 보여서 나도 모르게 웃음이 났다.

"좋습니다."

워 머신을 벗어 놓고 먼로 실장을 따라 백악관 안으로 들어갔는데 경호원들은 여전히 나를 향해 총을 겨누고 있었다.

순간 '먼로 실장을 쏴 버리라고 할까?' 하는 생각을 할 정도로 곤혹스러웠다.

"왜 그랬습니까?"

대통령을 보자마자 그렇게 말했다.

"그 전에 묻겠소. 시날로아 사건은 강 대표 작품이오?"

"그렇습니다."

"…으음. 그렇군요. 다 알고 왔으니 시치미 떼진 않겠소. 원하는 걸 말해보시오."

그는 너무 쉽게 인정했다.

'날 기다린 건가?'

버트너 대통령에게서 진한 아쉬움이 느껴졌다.

작전 실패를 아쉬워하는 것인지 애초에 무모한 일을 벌인 것에 대한 후회인지는 모르겠으나 지금 모습은 각오한 모습이다.

"제가 올 줄 알고 계셨습니까?"

"솔직히 말해서 내가 잠시 욕심을 부렸던 것 같소. 그냥 넘어가기는 어려울 것 같으니 대가를 지불하겠다는 거요. 그러니 말해 보시오."

"참 일을 어렵게 만드시네요."

"미안하게 됐소."

"좋습니다. 사과하시니 제가 원하는 것을 말씀드리죠."

"듣고 있소."

"둘 중 하나를 선택하세요. 하나는 괌을 한국에 영구 할양하는 것이고 다른 하나는 일본에 주둔 중인 미군 완전 철수시키세요."

둘 다 결정 내리기 어려운 일이다.

대통령이 의지를 가지고 드라이브를 걸어도 의회 통과가 가능할지나 모르겠다.

"뭐요?"

"제가 원하는 건 둘 중 하나입니다. 일주일 드리죠. 거부하면 눈에는 눈 이에는 이라는 걸 명심하셨으면 합니다."

대양 해군으로 발전하기 위해선 태평양에 전진 기지가 반드시 필요하다.

이런 상황이 아니었다면 괌 기지를 사용하게 해달라고 부탁했을 것이다.

그런데 버트너 대통령이 날 제거하려고 시도한 끝에 명분이 생겼다.

사실 괌을 내주긴 어려울 것이고 일본에 주둔 중인 미군을 철수하려고 할 것인데 여차하면 오키나와를 점령하는 것도 방법이다.

어쨌든 미국이 어떤 선택을 할지 두고 볼 일이다.

뿌드득!

얼마나 힘껏 주먹을 쥐었는지 뼈마디 부딪히는 소리가 그로테스크하게 들렸다.

"괌을 내달라니 말도 안 됩니다."

국무부 장관인 포트먼은 괌은 절대 내줄 수 없다고 주장했다.

그렇다고 일본에 주둔 중인 미군을 철수시키는 일도 만만한 일은 아니었다.

종래엔 한국에 주둔 중인 미군도 철수해야 할 판이라 아시아 거점이 애매모호해질 수도 있었다.

그러나 필리핀이 남아 있어서 절대 안 된다는 주장은 통하지 않았다.

"그걸 몰라서 이러는 게 아닙니다. 둘 중 하나를 선택하라면서 눈에는 눈 이에는 이라고 하더군요. 그게 무슨 뜻이겠습니까?"

"그러게 왜 그런 일을……."

포트먼은 관계 정립이 잘 되어가고 있었는데 왜 그런 일을 벌여서 일을 망친 것인지 이해할 수 없었다.

그리고 일을 벌이려면 적어도 국무부 장관에겐 알렸어야 했다.

"잘잘못은 나중에 따지기로 하고 우선 대책 마련부터 합시다."

"제가 강 대표를 만나보겠습니다."

"내기 괜한 욕심을 부려서… 미안합니다."

"아닙니다. 대통령님. 제가 강 대표를 만나서 잘 설득해 보겠습니다."

"괜찮겠소?"

"뭐라도 해봐야 하지 않겠습니까?"

"만나거든 내가 실수했다고 전해주고 가급적 돈으로 해결하자고 설득해 보세요."

정치적 이슈가 걸려 있는데 돈으로 해결하는 건 가장 하책이고 방법이 없다는 거다.

상대는 눈이 뒤집어질 정도의 돈이 아니라면 분명 괌이나 오키나와를 원하고 있을 것이다.

그러나 돈은 고려 대상이 될 수 없다는 것이 문제라면 문제였다.

"솔직히 해결할 자신은 없지만 노력해 보겠습니다."

포트먼 장관은 노력해 보겠다고 하지만 반쯤 체념하고 있었다.

그래서인지 잠자코 있던 비서실장이 자기 의견을 피력했다.

"차라리 한국산 무기를 대량으로 구입하겠다고 제안하는 것은 어떻겠습니까?"

"강 대표에겐 통하지 않을 겁니다."

"그래도 현실적으로 가장 좋은 방법이라고 생각합니다만……."

"그건 제가 일단 만나보고 응수타진 정도는 해보겠습니다."

"일단 장관에게 맡겨봅시다."

"네. 그러겠습니다."

"이만 나가들 보세요."

모두 내보낸 버트너 대통령은 아까 봤던 장면이 자꾸만 생각났다.

다름 아니라 2층에서 창문을 통해 확인했던 메탈 재킷을 보고는 두려운 마음이 생길 정도였다.

'후~ 만일 적군이 그걸 착용하고 나타났다면…….'

생각만 해도 끔찍했다.

적대 세력이 그런 식으로 나타났다면 백악관은 순식간에 점령당하고 자신의 생사를 장담하기 어려웠을 것이다.

'내가 망친 거야. 젠장!'

노력한 거에 비해 발전적인 방향을 나가고 있었는데 그 좋은 관계를 자신이 망쳤다고 생각했다.

고심 끝에 한국 대통령과 직통으로 연결되는 핫라인 수화기를 집어 들었다.

"안녕하십니까? 대통령님."

—어이쿠, 대통령님. 예정된 연락도 아닌데 어쩐 일이십니까?

"그게 제가 실수한 것이 있어서 자진 납세하려고 미리 전화드렸습니다."

—아니 무슨 일이길래…….

우당탕탕.

두 정상 간의 전화가 이어지고 있는데 갑자기 수화기 너머로 한바탕 소란이 벌어진 듯했다.

소란이 일어난 쪽은 한국이었다.

"대통령님?"

—아, 죄송합니다. 휴전선 쪽에 문제가 생긴 모양입니다. 나중에 제가 전화드려도 되겠습니까?

"아, 네. 그러시죠."

전화는 그렇게 끊겼다.

이실직고하고 사태 해결을 위해 의견을 물으려고 했는데 급한 일이 생겼다면서 저쪽에서 먼저 전화를 끊었다.

*　*　*

버트너 대통령이 실수를 바로 잡으려고 노력하는 동안 한국에서는 전혀 예상하지 못한 사건이 일어났다.

"무슨 일 있습니까?"

고진태 단장이 급하게 연락해서 방위사업단이 입주해

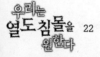

있는 건물이 있는 광화문에 왔다.

"그게 도움이 좀 필요해서 말이야."

"말씀하세요."

"그러니까 오늘 새벽……."

고진태 단장이 말하는 급한 사연은 꽤 놀라웠다.

오늘 새벽 북한군으로 보이는 무장 공비가 철원 독점리 방향 38선을 통과한 다음 대마리를 통과했다는 거다.

그 과정에서 백마고지 전승비를 폭파했는데 새벽이었음에도 다수의 사상자가 발생했단다.

"북한에서 무장 공비를 보냈단 말입니까?"

"일단 평양에 연락해 봤는데 절대 그런 일을 지시한 적이 없다는 거야. 그리고 지금은 무장 공비를 체포하는 것이 급해서 자네에게 도움을 요청하려고 연락했네."

"이런 중차대한 시기에 무장 공비라……."

"자네가 생각해도 이상하지?"

"네. 김종은 위원장은 얼마 전에도 만나고 왔는데 경제 특구 사업에 매우 협조적이었습니다."

"나도 그리 생각하지만, 현실은 휴전선을 넘은 무장 공비가 우리 땅에 들어와 사고를 일으켰다는 거야."

"지금 상황은 어떻습니까?"

"목격자에 의하면 연천 방향으로 사라졌다는데 그 방향으로 가면 파주가 가까워. 파주를 지나면 서울이고."

소요를 일으키려고 작정했다면 아마도 목적지는 서울

일 것이다.

누가 보냈건 간에 서울에 도착하기 전에 잡아내야 한다.

그래서 고진태 단장도 내게 연락한 것인데 한국군은 아직 소형 드론을 도입하지 않아서 도움을 받자는 거였다.

이미 대대 병력을 넘어 연대 병력이 무장 공비를 추적하고 있으나 소규모로 움직이는 극도로 훈련된 무장 공비를 찾는 일이 쉽지만은 않을 것이다.

"서울로 진입하기 전에 잡아야겠군요."

"그래서 말인데 WT가 소유한 드론을 풀어서 찾아낼 수 있겠나?"

"…으음, 당연히 도와드려야죠."

"그래 주겠나."

"이참에 위성 센터를 개방하겠습니다."

"그건 아직 준비 중이라고 하지 않았나?"

하늘을 청소한 일에 대해서는 이미 고진태 단장을 통해 한국 정부와도 교감을 이룬 상태였다.

더불어 삼성동에 위치한 20층짜리 빌딩에 위성 센터를 준비하겠다고 해서 군 정보국과 특수부대원이 건물 경비를 위해 파견된 상태다.

"준비가 더 필요한 건 맞지만 테스트 한다고 생각하시죠."

"이참에 위성 성능도 확인해 볼 수 있으니 더할 나위 없겠군."

"가까운 거리지만 차가 막힐 시간이니 옥상으로 가서 헬기로 이동하시죠."

"옥상 헬기?"

"네."

작은 소리로 수리에게 에어 크래프트를 보내 달라고 요청하고 먼저 앞장서서 걸었다.

까막수리는 에어 크래프트를 토해내고 기체를 돌려 철원 방향으로 날아갔다.

우리가 삼성동 위성 센터 빌딩으로 향하는 동안 무장 공비를 추적할 수 있는 물수리 드론과 원반 드론을 살포하기 위해서였다.

WT 위성 센터와 센터가 소유한 인공위성은 한국 정부 소유가 아니라 WT그룹 소유고 한국 정부에서 외주를 준 개념으로 계약했다.

그 외에도 진행 중인 일이 너무 많아서 일일이 거론하는 것이 귀찮을 정도라 지금은 청룡과 오세희 회장이 하드 캐리하는 중이기도 했다.

아무튼 지금은 무장 공비를 잡는 것이 급하다.

"이건 또 뭔가?"

"에어 크래프트라고 차세대 헬기라고 보시면 됩니다."

"이런 건 언제 또?"

"설명은 나중에 들으시고 일단 타시죠."

"어? 아! 그래야지."

에어 크래프트는 헬기가 가지는 태생적인 한계를 넘어섰다.

속도 면에서 군용 헬기로는 따라잡을 수 없는 속도를 자랑하고 항속 거리 또한 타의 추종을 불허했다.

음속에 가까운 속도와 1만 km를 상회하는 항속 거리를 지닌 에어 크래프트는 어지간한 전투기와도 도그파이트가 가능할 정도니 말 다 했다.

센터로 이동하는 동안 까막수리는 이미 철원에 도착해서 공비가 발견됐다는 연천리부터 파주 방향으로 드론을 살포하고 추적을 시작했다.

센터에 도착했더니 한쪽엔 위성이 보낸 영상과 한쪽엔 까막수리가 송출하는 영상이 2분할 돼서 보여지고 있었다.

"이 영상들은 뭔가?"

"무장 공비가 나타났다는 지역 항공 촬영 영상입니다."

"아니 이걸 벌써?"

"이쪽은 위성이고 이쪽은 드론이니까 참고해서 보시고 지상에서 움직이는 군부대를 연결해 주십시오."

정보 제공은 해도 무장 공비를 체포하려면 지상에서 움직이는 부대와 연결이 돼야 한다.

"알았네."

고진태 단장은 부관을 통해 야전 지휘센터로 연결을 시도했고, 잠시간의 교통정리를 통해 합참의장인 고진태 단장이 최종 지휘를 책임지게 되었다.

본래라면 이런 지휘체계는 있을 수 없는 일인데 WT그룹이 군사 기술을 쏟아내면서 뒤죽박죽된 면도 없지 않았다. 하지만 이것도 잠시일 뿐이고 서서히 질서를 잡아나갈 것이다. 여기서 핵심은 합참의장 자격으로 작전을 지휘한다는 것이 주요 포인트였다.

* * *

한편, 휴전선을 통과해서 백마고지 전승비를 폭파한 무장 공비가 전방부대를 긴장시키는 동안 거제도에서도 일이 벌어지고 있었다.

"조장! 이번 일 내각조사실에서 나온 일이라던데 그거 맞습니까?"

"그게 중요해?"

"당연히 중요하죠."

"왜 중요한데?"

"내각조사실이면 사실상 총리가 시켰다는 거 아니겠습니까?"

"그래서?"

"아니 그래서라뇨. 결국엔 지금 우리가 하고 있는 일이 나랏일이란 뜻이잖습니까?"

야마구찌 구미 소속은 야쿠자 미야기는 조원들을 이끌고 부산으로 입국해서는 곧장 거제도로 왔다.

조원 중 하나인 나카타니가 나랏일 운운하는데 어이가 없어서 썩은 미소가 피어올랐다.

"나랏일은 개뿔. 우린 그냥 돈 받고 더러운 일 하는 거야. 잡히면 꼬리 자르려고 우릴 고용한 거고."

"그래도 전 이번일 마음에 듭니다. 조장."

"아이고~ 이 화상아. 에라 모르겠다. 좋을 대로 생각해라."

미야기는 철없는 말을 하는 부하에게 뭐라고 충고를 해주고 싶었으나 해맑은 표정을 보고는 그냥 포기했다.

"그런데 폭탄을 설치하려면 조선소 안으로 들어가야 하는데 어떻게 하실 겁니까?"

"어쩌긴. 수영해서 들어가야지."

"네?"

"너 수영할 줄 알지?"

"네. 그런데요?"

"스킨스쿠버는 해봤냐?"

"제 취미가 프리 다이빙인데요?"

"그래?"

조장도 몰랐던 사실이다.

다들 수영할 줄 안다고 해서 차출된 줄 알았더니 나카타니는 프리 다이빙 자격증까지 가지고 있어서 이번 일을 시킨 오야붕이 새삼스럽게 생각될 정도였다.

'우리 조가 괜히 선발된 것이 아니었어.'

치밀한 안배가 있었음을 깨달은 미야기는 조원들 면면을 떠올렸다.

하나는 프리 다이빙 자격증까지 가지고 있고, 하나는 폭발물을 다루는데 선수다.

막내인 칸지는 격투에 능해서 다급할 때는 뒤를 맡기고 몸을 피할 정도의 시간을 벌어줄 수 있었다.

"근데 언제 시작합니까?"

"위쪽에서 일이 벌어지면 시작하라고 했는데 그걸 모르겠단 말이야."

"구체적인 설명은 없었습니까?"

"자연스럽게 알게 될 거란 말만 들었어."

"뉴스라도 틀어볼까요?"

"한국말은 할 줄 알고?"

"칸지가 할 줄 압니다."

"진짜?"

"네. 칸지 할아버지가 북한 사람이잖아요."

처음 듣는 얘기다.

자기 조원 중에 조센징이 있다는 사실은 마음에 들지 않지만, 지금은 작전에 도움이 되는 쪽이라 딱히 싫은 소리 할 마음은 없었다.

"알았어. 뉴스랑 인터넷 검색 좀 해보라고 해."

"알겠습니다."

그러고 나서 몇 시간이 지났는지 지루해질 즈음 칸지가 기다리던 소식이 바로 이거냐면서 노트북 화면을 보여주었다.

"조장, 혹시 이거 아닙니까?"

"그게 뭔데?"

"휴전선 근처에 무장 공비가 나타났답니다. 위쪽은 지금 무장 공비 잡는다고 난리라는데요?"

"정말이야?"

"네. 민간인까지 죽이고 무슨 시설까지 폭파시켰답니다."

"…으음!"

미야기도 직감했다.

위쪽에서 일이 터지면 바로 움직이라고 했는데 한국에서 이보다 더 민감한 일은 없다고 생각해서다.

"이거 맞습니까?"

나카타니가 끼어들어서 미야기 조장에게 다시 확인했다.

"그런 모양이다."

"그럼 오늘 움직이는 겁니까?"

"그래. 오늘 밤에 움직일 거니까 마음의 준비하도록 해."

"알겠습니다."

깊은 밤이 되도록 기다린 미야기와 조원들은 미리 준비해둔 포인트로 이동해서 잠수복과 산소통을 착용했다.

"오늘 작전은 조선소를 망가트리자는 것이 아니라 한국도 테러에서 자유롭지 못하다는 것을 인식시켜주기만 하면 되는 거다. 내 말 무슨 뜻인지 알겠어?"

"네. 조장!"

"그러니까 무리할 거 없이 그냥 설치하기 편한 곳에다 준비한 시한폭탄을 두고 나오기만 하면 된다."

"들킬 것 같은 곳으론 가지도 말라는 거죠?"

"그래. 괜히 잘하겠다고 깊숙한 곳까지 갈 필요 없다는 뜻이다."

목적이 뚜렷해서 바보가 아닌 다음에야 미야기가 무슨 말을 하는지 바로 알아채야 하는 것이 맞았다.

이왕이면 건조 중인 선박을 타깃으로 하면 좋겠지만 특수부대가 아닌 다음에야 절대 무리할 마음이 없었던 미야기는 조원들이 잡히지 않기를 바랐다.

"알겠습니다."

"그리고 이 조선소는 감시가 특별하다고 들었다. 혹시나 잡히게 된다면 한국인에게 가족이 살해당해서 복수심에 저지른 일이라고만 해라."

"네?"

다른 사람은 고개만 끄덕이는데 할아버지가 북한 출신

이라는 칸지는 반문했다.

"왜? 할아버지가 조센징이라 그렇게는 못 하겠나?"

"그… 그게 아니라……."

"명심해. 넌 야쿠자야. 누가 강요한 것도 아니고 네 스스로 야쿠자가 된 걸로 아는데 지금 출신을 따져서 의문을 제기하겠단 건가?"

칸지의 한국 이름은 박재욱이다.

물론 지금까지 일본에 살면서 자신이 먼저 어디 출신인지 밝힌 적은 없었다.

단지 가난한 탓에 기술도 없고 배경도 없어서 야쿠자가 되기로 마음먹었는데 오늘 일은 과거를 뒤돌아보게 만들었다.

"그런 뜻이 아닙니다."

"그럼 뭐야?"

"그런 핑계는 통하지 않을 거란 뜻입니다."

"그럼 어쩌잔 거야? 내각조사실에서 시킨 일이라고 밝히기라도 하자는 거야?"

"그게 아니라 다른 이유를 대는 것이 어떤가 해서 하는 말입니다."

"말해봐."

"요즘 한국과 중국 사이가 일한 관계만큼이나 좋지 않다고 들었습니다. 그래서 말인데 삼합회 의뢰를 받았다고 하면 어떻겠나 하는 생각이 들었습니다."

미야기는 칸지 설명을 듣고 보니 복수보다는 더 그럴듯한 핑계인 듯싶었다.

그래서 자기도 모르게 고개를 끄덕였다.

"좋아. 그럼 이렇게 하자. 내가 잡히면 삼합회 의뢰를 받았다고 할 테니까 너희들 중에 잡히는 사람이 나온다면 조장이 시키는 일이라 뭔지도 모르고 했다고 해."

"그게 좋겠습니다. 조장!"

"알겠습니다."

나카타니가 찬성하고 나서자 모두 동의했다.

"그럼 출발하자."

이들은 모두 네 명으로 각자 1kg짜리 셈텍스 폭탄 하나씩을 들고 있었다.

이 폭탄을 옮기기 위해서 외교 행낭까지 이용할 정도로 공을 들였고, 부산에 있는 일본 영사관 직원을 통해 전달받았다.

미야기와 조원들은 차가운 겨울 바다로 뛰어들었고, 약 20분 뒤에 WT 조선소 한쪽 선거(도크)에 도착했다.

위이잉!

'응? 저거 뭐지?'

미야기는 뭍으로 올라가기 위해서 수면 위로 고개를 내미는 순간 뭔가가 휘익, 지나가는 것을 느꼈다.

오싹!

차가운 바닷속이라 소름이 돋겠냐 싶지만, 그것과는 상

관없이 모골이 송연해지는 느낌을 받았다.

한밤중이고 10만 평이 넘는다는 거대한 조선소다. 그 중에서도 바다로 연결되는 외곽이라 누가 있거나 경비 중이란 생각은 하지도 않았다. 그런데 불길한 기운이 감도는 이 느낌적인 느낌은 뭐란 말인가?

'설마 용병이 이 시간에도?'

출발할 때 확인한 시간이 새벽 한 시였다.

조선소 경비를 미국에서 온 민간군사기업 소속 용병들이 하고 있다는 걸 알고는 있었다. 그래도 평화로운 거제도 조선소에서 새벽 한 시가 넘은 차가운 겨울에 한갓진 외곽까지 순찰할 정도로 열심히 일한다고는 생각하지 않았다.

'아니겠지? 아닐 거야.'

스스로를 다독인 미야기는 조원들이 보이는지 주위를 두리번거렸다. 그런데 갑자기 주위가 밝아지면서 사이렌이 울렸다.

에에에에에엥—

"어?"

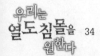

아주 발악을 하는구만

"조장! 진짜 서울까지 가는 겁니까?"

"후퇴는 없다."

"네?"

"양 하사, 당연한 건데 왜 놀라는 거지?"

파주 동쪽 외곽 감악산 까치봉에 땀으로 범벅된 여섯 명의 거동 수상자들이 원을 그리면 모여 앉아 있었다.

"진 상위님, 이번 작전 자살 임무였습니까?"

"서울이 멀지 않았으니 말해줄 시간이 된 것 같군."

"정말이군요."

진위혁 상위(대위 계급)는 자기 팀이 차출돼서 작전에

임하는 동안 착잡한 마음을 금할 길이 없었다.

'하아…….'

아무리 조국을 위해 몸과 마음을 바쳐 군인이 되었다고 하나 자살 임무라니.

군인이 되었을 때만 해도 군인으로서 최고가 되고 싶어서 시베리아 호랑이 부대에 도전해서 혹독한 훈련을 통과했다.

이들은 중국군 특수부대 중에서 둘째가라면 서러워할 정도로 위명이 자자한 시베리아 호랑이 부대 소속이다.

북한도 아니고 한국까지 들어와서 작전을 펼칠 줄은 몰랐으나 군인이기에 위에서 까라면 깐다는 생각으로 작전에 임할 뿐이다.

"그렇기도 하고 아니기도 해."

"무슨 말씀입니까?"

"일단 서울에 들어갈 때까지는 같이 움직인다."

"그다음은요?"

"서울에 잠입하는데 성공하면 둘씩 3조로 갈라져서 스스로 타깃을 선정해서 움직여라. 요인을 죽여도 좋고 건물을 폭파해도 좋다."

"불특정 다수를 대상으로 테러를 일으키는 겁니까?"

"한국을 혼란스럽게 만드는 것이 우리 임무다."

흡사 전쟁 중에 적진 후방에 침투해서 교란이라도 하라는 것처럼 들린다.

38

하지만 지금은 전쟁 중이 아니었다.

"민간인을 죽이란 겁니까?"

"우린 군인이다. 명령에 살고 명령에 죽는다. 더 할 말 있나?"

"하지만……."

"너무 놀랄 거 없다. 죽으라는 건 아니니까."

"좀 더 자세히 말씀해 주십시오."

"누굴 죽이든 어디를 폭파하든 하기만 해라. 그럼 작전 성공으로 간주할 것이다."

"그럼 자살 임무는 아니잖습니까?"

"잡힐 위기에 처한다면 스스로 판단해서 자폭해라. 알 겠지만, 고문받게 되면 있는 말 없는 말 다 해대기 마련 이다. 그러니 험한 꼴 당하기 전에 깨끗하게 자폭하라는 거다. 대신 작전에 성공한 후에는 밀항이라도 해서 살아 남아라."

무엇보다 자신들이 중국인이라는 걸 들켜서는 곤란했 다.

그래서 잡힐 위기면 자폭하고 빠져나갈 수 있다면 밀항 선이라도 타라는 거였다.

"알겠습니다."

"살아서 만나자."

"네. 진 상위님!"

마약 조직 소탕을 위해 실전에 참여한 적은 있어도 다

른 나라까지 와서 하는 작전은 모두 처음이다.

그러나 별반 다를 것도 없었다.

산악 훈련은 지겹게 받았고, 휴전선을 통해 한국에 들어온 후에도 줄곧 인적이 드문 험준한 산악 지형으로만 움직였으니까.

* * *

'겨우 거기 있었냐?'

물수리 드론이 무장 공비를 찾아냈다.

까막수리가 물수리 드론을 토해낸 지 한 시간 만에 찾아낸 거다.

"저기 있구만. 역시 WT 기술력이 대단해."

"아직 드론 도입을 반대하는 야전 지휘관들이 많다면서요."

"그게 다 중심추가 디지털 부대로 옮겨갈까 봐 그런 거지. 하지만 변해야 한다는 건 모두 알고 있으니 조금만 더 기다려 보게."

"그래야죠."

"아! 내 정신 좀 봐. 빨리 알려줘야지."

"잠깐만요."

"왜 그러나?"

무장 공비를 수색하고 있는 부대 지휘관에게 연락하려

40

는 고진태 단장을 내가 말렸다.

훈련이 잘된 수색부대라도 저항이 거센 적을 만나면 사상자가 발생하기 마련이다.

게다가 놈들은 이미 민간인까지 피해를 입힌 상태라 내 눈엔 위험해 보였다.

"보아하니 무장이 상당한 거 같은데 힘을 좀 빼놓고 잡아야 하지 않을까요?"

"어쩌려고?"

"제가 가서 힘 좀 빼놓겠습니다."

"자네가?"

"네. 제게 워 머신이라는 메탈 재킷이 있으니 놈들을 효과적으로 제압할 수 있을 겁니다."

"하지만 수색부대에 알려야 하는 것이 내 의무야."

"한 시간만 주시면 됩니다. 그럼 더 이상 다친 사람 없이 끝낼 수 있습니다. 그리고 제가 가야 살려서 체포할 수 있습니다."

"…으음, 알겠네."

저항이 거세면 제압을 하더라도 아군이 다칠 수가 있다.

전시도 아니고 무장 공비에게 아까운 청춘이 다치는 걸 보고 싶지 않았다.

한 시간을 얻은 나는 돌아온 까막수리를 타고 놈들이 은밀히 이동하고 있는 파주 감악산으로 이동했다.

쿵!

워 머신을 장착하고 놈들이 포착된 위치에서 후방 100 미터 지점에 도착해서 놈들을 추적하기 시작했다.

팅!

총알이 날아와서 워 머신 흉갑을 때리고 팅겨 나갔다.

'호오! 대단한데?'

워 머신이 아니었다면 당할 뻔했다.

100미터쯤 떨어져서 눈치채지 못할 거라고 생각했는데 생각보다 훨씬 훈련이 잘된 놈들이다.

팅팅!!

총소리가 전혀 들리지 않는 걸 보면 소음기가 달렸고, 제법 먼 거리에서 공격하는 거다.

총알이 날아와서 워 머신 흉갑을 계속해서 때렸지만 난 피하지 않고 총알이 날아오는 방향으로 달렸다.

팅팅팅팅…….

사격이 정확한 걸 보니 놈들은 아직 그 자리에서 날 저격하는 거다.

그러나 거리는 점점 더 가까워졌다.

그러다 이마에 한 발이 맞고 팅겨 나갔는데 아프진 않아도 기분이 상당히 불쾌했다.

* * *

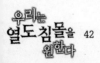

"진 상위님!"

"왜 그래?"

"뒤에 뭐가 나타난 것 같습니다."

"벌써 추적해 왔다고?"

진위혁 상위가 본능적으로 고개를 뒤로 돌렸다.

그 사이 부하들은 나무를 은폐물로 삼아 사격 자세를 잡았고, 뛰어오는 것이 보이자 지체 없이 방아쇠를 당겼다.

"좋았어."

양 하사는 자신이 쏜 총에 명중하는 걸 보고 됐다고 생각했다.

그런데 총에 맞고도 달리는 속도가 줄지 않았다.

"어?"

"저거 왜 저래?"

"미친……."

분명 총알에 맞았는데 멧돼지가 달려오는 것처럼 저돌적이라 심장이 덜컥 내려앉는 느낌이 들었다.

"진 상위님!"

"양 하사! 수류탄 던져."

"네?"

"어서."

거리가 많이 좁혀져서 그런지 진위혁은 다급하게 소리쳤고, 양소룡 하사는 당황하면서도 진위혁이 소리치는 대로 X—반도에 달린 수류탄을 빼내서 핀을 뽑아 던졌다.

공중에 뜬 채 빙글빙글 돌아 날아오는 수류탄을 포착한 오토 헬멧이 위험 신호를 보내왔다. 그러나 보란 듯이 팔을 내저어 수류탄을 쳐냈더니 10미터쯤 오른쪽 측면으로 날아가서 폭발했다.

콰앙!

헉!

수류탄을 던진 양소룡은 놀란 새도 없이 자기 얼굴을 향해 날아오는 공격을 피해야 했다. 둔중해 보이는데도 얼마나 빠른지 부웅, 하는 바람 소리가 들릴 정도였고, 겨우 피했더니 바람이 얼굴을 스치고 지나갔다.

아니 피했다고 생각했다.

분명 피했는데 왜 옆구리에 통증이 느껴지는 걸까?

퍼억!

"커헉!"

맨몸으로 타격해도 몇 미터는 나가떨어질 강력한 공격인데 워 머신까지 장착했으니 얼마나 강한 공격이었겠는가.

수류탄 공격이 막힌 것도 놀라운데 거의 동시에 쇄도해 들어오자 심히 당황했는데 양소룡을 시작으로 순식간에 부하들이 제압되었다.

"너… 너 뭐야?"

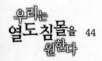

당연히 북한 사투리를 생각했는데 웬 중국어?

순간적으로 혼란스러웠으나 금방 정리가 됐다.

그러니까 중국 놈들이 혼란을 일으키기 위해서 휴전선을 넘어 테러를 감행한 거였다. 내내 이해가 되질 않았는데 이제야 머릿속이 맑아지는 느낌이다.

"뭐긴. 너희들 잡으러 온 사람이지."

"사… 사람이라고?"

"당연하지. 그럼 로봇이라도 되는 줄 알았냐?"

그런데 사실은 기계음이 흘러나오고 있어서 놈은 나를 로봇이라고 이해할 수도 있다는 생각이 들었다.

워 머신과 한 몸인 오토 헬멧에 달린 음성 번역 기능 때문이다.

"뭐라고?"

"왜? 발음 좋은데 왜 못 알아먹고 지랄이야."

잡담할 시간이 없어서 전기 충격 건을 쏘려고 했더니 놈이 최후의 발악이라도 하려는지 냅다 갈기기 시작했다.

투투투투…….

탄창 하나를 다 비울 때까지 방아쇠를 당겼는데도 내가 쓰러지지 않자 탄창을 갈려고 했다.

"어딜."

퍼억!

쏜살같이 달려들어서 놈을 패서 기절시켰다.

쓰러진 놈들은 묶어서 한곳에 모아두고 계급이 제일 높은 놈만 어깨에 들쳐 메고 까막수리로 돌아가서는 김포로 위성 센터로 복귀했다.

"어, 어떻게 된 건가?"

"이놈이 대장이고 나머진 감악산 까치봉 근처에 묶어 뒀으니까 데려가라고 하세요."

"응?"

"묶어 뒀다니까요."

"아! 그래. 알았네. 근데 이놈은 어쩌려고?"

"이놈들 중국 놈들입니다."

"뭐?"

고진태 단장도 놀란 걸 보면 중국 놈들일 거라곤 생각 못 했던 듯했다.

하긴 많은 가능성을 열어두었던 나조차도 놀랐었으니까 이런 반응이 당연한 거다.

"중국군 특수부대원들 같단 말입니다. 놀라는 건 나중에 하시고 빨리 연락하셔야죠."

"그. 그래야지."

복잡한 표정인 고진태 단장은 서둘러 연락하고는 다시 돌아왔다.

"이제 뭘 하면 되겠나?"

"군에서 알아서 하겠지만 만약을 위해서 이놈에게 진술을 받아둬야죠."

"자백할까?"

"영상 촬영을 해야 하니까 고문은 좀 그렇고 자백 유도 약물을 사용하죠."

"그런 게 있어?"

"네. 그런 게 있습니다."

"군 정보국에 맡기는 게 낫지 않을까?"

"일단 자백받아두고 넘기시죠. 중간에 장난치는 놈이 있을지도 모르니까."

"그렇게 하겠네."

고진태 단장은 합참의장이자 별이 네 개나 되는 고위 장성이다.

그런 사람에게 만약을 언급했더니 생각이 많아지는 것 같기는 했다.

내 발언은 아무도 믿을 수 없다는 뜻이 담겨 있는 말이기 때문이다.

* * *

고진태 단장과 함께 자백 영상 찍는 것을 끝까지 지켜보았다.

"단장님, 드릴 말씀이 있습니다."

"뭔지 말해보게."

"대통령 직속으로 특수부대 하나 만들었으면 하는데

가능하겠습니까?"

"어떤 기구를 말하는 건가?"

"오늘과 같은 일이 있을 때 독자적인 작전권을 가진 기구를 말하는 겁니다."

"자네 활동을 법적으로 보장받기를 원하는 건가?"

"그런 측면도 없진 않지만 신속한 대응을 위해서입니다. 그리고 저희가 가진 기술을 언제까지 숨길 수만은 없어서이기도 하구요."

기술이란 말에 고진태 단장 눈에 힘이 빡 들어가는 모습이다.

지금까지 발표한 것만 해도 미국을 넘어서는 패권 국가로서의 가능성을 보여주고 있었다. 그런데도 숨기는 기술이 있다고 하니 정신이 번쩍 들었을 것이다.

'도대체 어디까지 숨기는 걸까?'

고진태 단장은 속으로 그런 생각을 하고 있었다.

"무슨 말인지는 알겠네만 쉽게 생각할 일은 아닐세."

"쉬울 거라고 생각하진 않습니다. 하지만 오늘 같은 일이 있었을 때 연대 병력을 출동시키지 않고도 쉽게 해결이 가능하다면 어떻겠습니까?"

"그게 이 센터와도 연관이 있는 건가?"

"물론입니다. 이왕 만들었으니 제대로 활용해야 하지 않겠습니까?"

"그렇긴 하네만……."

판단이 서질 않는 거다.

대통령 직속 기구라면 군과는 또 다른 문제다.

차라리 대통령 재가를 받고 군에 그런 조직을 두는 건 어떨까? 하는 생각이 들었다.

"어차피 제가 가진 기술을 군과 접목하려면 별도의 조직은 필수적으로 만들어져야 합니다. WT그룹과 거래하면 된다고 하지만 WT그룹은 본질적으로 외국계 기업입니다. 즉, 제가 활동하기에 한계가 있다는 말이죠."

"그러니까 모든 것을 떠나서 한국과 우리 군을 위해 헌신하겠단 말인가?"

"헌신이란 표현은 어울리지 않습니다. 그만큼 대가는 받아낼 테니까."

"…으음, 그럼 이렇게 하세."

"어떻게 말입니까?"

"대통령 직속 기구를 만들기 위해선 거쳐야 할 관문이 너무 많고, 임기가 바뀔 때마다 기구의 운명을 장담할 수 없네. 그러니 합참의장인 내가 직접 관리하는 특수부대는 어떤가?"

"대통령도 모르게 하자는 겁니까?"

"그건 아니네. 우리 군도 결국엔 대통령 지시를 받고 움직이는 거니까."

"그럼 재가를 받아주시겠습니까?"

"알겠네."

고진태 단장에게 새로운 숙제가 생겼다.

무장 공비 사태도 보고할 겸 국방부 장관과 함께 대통령을 만났다.

"지금 중국이라고 했습니까?"

"네. 대통령님. 체포하고 보니 중국말을 하더군요. 자백을 받아냈는데 북부전구 소속으로 심양에서 활동하는 시베리아 호랑이 부대원들로 밝혀졌습니다."

"벌써 자백했다는 말입니까?"

"네. 강백호 대표 도움이 있었습니다."

"아, 그래요?"

"네."

뒤로 사건 개요에 대해 보고가 이어졌고, 준비하는 내내 마음이 묵직했던 요구사항을 브리핑했다.

"특수부대는 많은데 합참의장 직속 기구로 특수부대를 만들자는 겁니까?"

"강백호 대표는 명예 군인이라 사령관까지는 할 수 없고, 또 최소한의 안전장치는 필요하기에 제 직속으로 부대를 두되 강백호 대표를 실질적인 사령관으로 삼겠다는 겁니다. 대신 최첨단 기술을 군에 전수해주겠다니 저희로서도 이득이 아니겠습니까?"

"그렇긴 한데 반발이 없겠습니까?"

"우리 군에도 인사 적체가 심합니다. 그런 의미에서 보면 오히려 부대 창설을 반길 겁니다."

"…으음. 장관님은 어떻습니까?"

"우리 군에는 WT 기술이 필요합니다. 그렇기 때문이라도 고진태 합참의장 말대로 해야 한다고 생각합니다."

그렇게까지 말했는데 반대한다면 역적이 되는 거다.

이미 WT그룹은 실체를 드러냈으니 그들이 가진 기술은 반드시 받아들여져야 하는 거였다.

"예산 문제는 없겠습니까?"

이미 2001년 군 예산은 작년에 책정 후 분배가 되었다.

당연히 새로운 부대 창설로 인해 들어가는 비용이 문제가 될 수밖에 없었다.

"강백호 대표 도움도 있고 올해 예산은 어떻게든 해결해 보겠습니다."

"그래도 문제가 하나 있습니다."

"강백호 대표 신분 문제 말씀이십니까?"

"그렇습니다. 명예 군인이긴 해도 실제 현역 군인은 아니니까요."

"부대원은 소수로 결성될 겁니다. 특수전 사령부 예하 부대와 전군 특수부대를 대상으로 동의하에 받아들일 예정이라 강 대표에 대한 반발은 존재하지 않을 겁니다."

"이미 준비가 다 됐군요."

"계획만 수립한 터라 아직 할 일이 많습니다."

"좋습니다. 허가할 것이니 수고해 주세요."

새로운 부대 창설은 어렵지 않게 허가가 났고 그 뒤로
는 어떻게 운용할 것인지에 대한 보고가 이어졌다.

"다 좋은데 중국의 만행을 어떻게 할 것인지에 대한 생
각은 있습니까?"

"우리 군이 강해지는 것을 막아보려고 발악을 하는 것
뿐입니다. 놈들이 체포됐으니 국제 사회에 사실을 알리
고 중국을 규탄하면 놈들도 인정하지 않고는 못 배길 겁
니다."

"우리도 복수하는 것에 대해선 어떻게 생각합니까?"

"복수를요?"

"하마터면 북한과 사이가 틀어질 뻔했습니다. 아직 발
표 전이라 국민 여론이 어떤지는 고 단장도 잘 알 겁니
다."

아직 대외적으론 북한에서 보낸 무장 공비 때문에 민간
인 사상자가 발생했다고 알려져 있었다.

"그건 그렇죠."

"고 단장이 강 대표와 만든다는 그 대테러부대 창설하
는 대로 곧바로 실전에 투입해 봅시다."

"대통령님 의중이 그러시다면 작전을 짜 보겠습니다."

"좋아요. 작전 계획한 다음에 따로 보고 받겠습니다.
최종 결정은 그때 하죠."

"알겠습니다, 대통령님."

난다 긴다 하는 군인들 특수부대 군인들 사이에 한바탕
태풍이 몰아쳤다.

"박 상사님, 어떻게 하실 겁니까?"

"뭘?"

"대테러전 사령부 말입니다."

"고 중사도 지원하게?"

"당연히 해야죠. 말이 대테러전 사령부지 최고 대원을
선발한다고 하잖습니까. 그리고 제가 어쩌다 대대장님
하는 얘기를 들었는데 전군 특수부대로부터 지원을 받
아서 선발만 되면 노후를 보장될 정도로 보수를 받게 된
답니다."

"그래?"

"당연하지 말입니다. 그리고 돈도 돈이지만 최고를 선
발한다는 것이 매력적이지 않습니까?"

"고 중사 얘길 들으니까 나도 솔깃하기 하네."

"그럼 저랑 같이 지원하시지 말입니다. 박 상사님과 함
께라면 뭐든지 할 자신 있지 말입니다."

"좋아."

이런 대화가 전군 특수부대에서 이어지고 있었고, 선발
인원이 고작 30명인데 지원만 350명이 넘었다.

45일 동안의 혹독한 훈련을 통해 30명을 선발할 계획이고 최종적으로 6명씩 다섯 팀이 탄생할 것이다.

대테러 사령부가 새롭게 탄생하는 동안 정부는 무장 공비로 위장한 중국 특수부대원을 두고 중국과 힘겨루기에 들어갔다.

그 와중에 거제도 WT조선소에 야쿠자가 테러를 시도했다가 체포됐다는 사실이 알려졌다.

"내각조사실 요원도 아니고 야쿠자라고?"

청룡이 조사한 내용을 가지고 삼성동 빌라로 나를 찾아왔다.

"여긴 처음이지."

"네. 인테리어가 상당히 이국적이네요."

"소피 취향을 생각해서 이렇게 꾸며봤는데 몇 군데는 더 손봐야겠더라."

"마음에 안 든다고 했어요?"

"그건 아닌데 전부 마음에 드는 건 아닌가 봐."

"소피에게 맡기세요."

"그러려고."

청룡과는 자주 대화를 나누긴 해도 소피 얘기가 나와서 결혼 문제로 떠들었다.

먼저 결혼했으니 다른 건 몰라도 결혼에 대해서만큼은 청룡이 선배라서 한마디 한마디가 큰 도움이 되었다.

"그리고 이것 좀 보세요."

청룡이 준 자료엔 WT조선소 테러 미수 사건에 대해 정리돼 있었다.

"그러니까 야마구찌 구미 소속 야쿠자가 테러를 시도했다는 말이지?"

"네. 보고서 보시면 아시겠지만 네 명이 침입했는데 셈텍스 폭탄 4kg을 가지고 있었습니다."

"야쿠자가 왜 테러를 시도한 거지?"

"체포된 놈들은 아는 것이 없었습니다. 위에서 시킨 일이라 뭣도 모르고 한국에 들어왔는데 어떤 식으로든 일본 정부와 관련돼 있을 것으로 봅니다."

"야쿠자가 우리 조선소를 노렸다는 말이지?"

야쿠자 따위가 한국 땅에 들어와서 테러를 시도했다는 것은 도저히 용납할 수 없는 일이다.

"그런데 무장 공비 사건도 그렇고 갑자기 이러는 이유가 뭘까요?"

"MU—7에서 제외된 후로 인공 태양 프로젝트까지 발표했으니 거기서 제외된 분풀이를 하고 싶었겠지."

"그렇다고 그런 식으로 테러를 저지르다니 묵과할 수 없는 일입니다."

"당연하지. 다시는 그따위 생각하지 못하도록 백배 천배로 응징해야지."

다시는 엉기지 못하도록 응징하려면 보통 방법으로는 곤란했다.

그리고 확실한 메시지까지 전달해야 하니 충격적인 방법이 필요했다.

"김종은 위원장에겐 알려주셨습니까?"

"그건 정부 차원에서 연락했을 거야. 개인적으론 나중에 평양에 들러서 의논해보려고."

"이런 식으로 통일이 가능할까요?"

"우선 가까워지는 것이 중요해. 그러자면 북한 사람들 먹는 것부터 해결해야 하고."

먹을 것을 해결하려면 식량 지원도 중요하지만, 무엇보다 일자리가 우선이다.

정당하게 일하고 대가를 받아서 배를 채우는 것과 남이 주는 것을 받아먹는 것은 하늘과 땅 차이다.

그래서 경제특구 프로젝트를 추진하는 것이다.

"북한에 지원할 스마트 원자로는 이미 만들어 됐으니까 언제든 가져가세요."

"알았다."

"아, 그리고 다음 달부터 생산되는 드론들은 아트래핀 반도체가 적용될 겁니다."

"그럼 이미 사용 중인 드론 업그레이드는?"

"수거하고 업그레이드하는데 수고하는 것보다는 모두 소비해 버리시죠."

"복수하는데 아낌없이 사용하라는 말이지?"

"네, 형님."

재고가 제법 되겠지만 업그레이드하는데 들어가는 수고랑 비용을 생각해보면 적절한데 사용해버리라는 거였다.

＊　＊　＊

　중국과 일본이 점점 더 노골적으로 방해 공작을 펴는 가운데 미국 정부도 나랑 협상하기 위해서 포트먼 장관을 서울로 보냈다.

"해답은 가져오셨습니까?"

"강 대표가 요구한 두 가지 조건은 현실적으로 불가능합니다. 그래서 약간의 보상과 괌 기지 공유를 제안합니다."

"약간의 보상?"

"그렇습니다. 강 대표님."

"애매모호하게 말씀하시지 말고 구체적인 숫자를 말씀해 보세요."

"1억 달러와 기지 공유에 들어가는 비용은 우리가 책임지겠습니다."

　나름 고민한 흔적이 보이긴 했어도 포트먼 장관이 말한 조건은 마음에 들지 않았다.

　날 죽이려고 했으면서 고작 돈으로 해결하려 하다니 용납할 수 없는 문제다.

"살짝 어이가 없어지려고 하는군요."

"네?"

"장관님과 저 사이에 신뢰가 이 정도였습니까?"

"무슨……."

"저는 꽤 신뢰 높은 사이라고 생각했는데 고작 1억 달러에 불과한 돈으로 암살 기도를 무마하겠다는 겁니까?"

"그건 이미 사과한 것으로 아네만……."

그동안 나와 한국 편에서 열심히 노력하는 것으로 보이긴 했으나 포트먼 장관도 어쩔 수 없는 미국 정치인이었다.

그는 지금 나를 죽이려고 했던 버트너 대통령 편에 서서 열심히 변호하고 있었다.

"죽이려고 해놓고 미안하다고 하면 그만입니까?"

"가… 강 대표?"

"첫 번째 제안은 거부당한 것으로 보고 두 번째로 제안하죠."

"두 번째?"

"네. 우선 오키나와 주둔 미군은 필리핀으로 철수하세요. 그리고 1억 달러는 됐고, 미국에 있는 WT 관련법인 연방법인세 50% 감면해주시면 되겠네요."

"……."

"과하진 않다고 생각하는데 왜 그리 놀라십니까?"

"WT그룹 규모가 얼만데 연방법인세를 절반이나 할인해 달라는 겁니까?"

"과한 요구는 아니라고 생각하는데요."

기업 연방법인세는 최고 35%까지도 내야 하는데 그걸 절반이나 할인해 달라고 하니 입을 쩍 벌리면서 놀라는 거다.

WT 계열 관련 기업 매출이 연간 수천억 달러를 넘어 점점 더 규모를 키워가는 중이다. 그런데 연방법인세를 할인해 달라고 하니 기가 찬 모양이다.

"특혜 시비에 휘말리게 될 텐데 그렇게까지 하란 겁니까?"

"그거야 제가 걱정할 문제는 아닌 것 같은데 말입니다."

"강 대표! 정말 이러실 겁니까?"

"저랑 기 싸움을 원한다면 얼마든지 상대해드리죠. 아, 한 가지를 빼 먹었는데 꽘을 달라고 하진 않겠습니다. 대신 한국 해군이 기지로 사용할 땅은 주셔야겠습니다."

그러게 왜 날 죽이려고 해서는 이 사달을 만드는지…….

"허…….."

"일주일 드리죠. 일주일 내로 답을 주지 않을 경우 WT 관련 계열사는 모두 미국을 떠나게 될 겁니다."

"미국과 한국 관계가 벌어질 수도 있습니다."

"장관님은 뭔가 착각을 하고 계시는 듯하군요."

"네?"

"제가 미국을 공격한다면 어떻게 될 것 같습니까?"

"선전포고라도 하겠다는 겁니까?"

"못할 것도 없죠. 미국도 패권 국가로서 힘없는 국가를 침공하거나 원하는 바를 얻기 위해서 찍어 누르기를 반복하고 있는데 왜 저라고 못한다고 생각하시죠?"

미국 국무부 장관으로서 이런 굴욕은 처음이다.

'정말 해보자는 걸까?'

포트먼은 상상으로 한국과 전쟁하면 어떻게 될까를 생각해보았다. 그런데 생각이 턱 막히면서 절대 안 된다는 생각만 들었다.

"강 대표, 지금까지 협조적으로 잘해왔는데 이러실 필요까지는 없잖습니까?"

"그거야 평화로울 때 얘기죠. 이미 절 죽이려는 시도했는데 가만있으란 겁니까?"

"정말 그 방법 말고는 없겠습니까?"

"다른 방법이 있기는 합니다."

"그게 뭡니까?"

"제가 버트너 대통령을 상대로 암살을 시도할 테니 막아보십시오. 막아 내든지 아니든지 그렇게 해야 공평하지 않겠습니까?"

"지금 그걸 말이라고 하십니까?"

이 부분에 있어선 절대 양보할 마음이 없다는 걸 이런

식으로 표현한 거다.

포트먼 장관 얼굴이 울그락불그락하는 걸 보니 어지간히 울화통이 치미는 듯했다.

누가 보면 불쌍하게 생각할 수도 있지만 나는 절대 아니다.

"양보할 생각이 없으니 제가 말한 조건 중 하나를 선택하셔야 할 겁니다. 다시 말씀드리지만 일주일입니다."

"뭐 어쨌든 제가 결정할 문제는 아닌 듯하니 보고드린 다음에 대통령님께서 결정 내리시면 연락드리겠습니다."

"그러시죠."

버트너 대통령은 굴욕적이란 생각이 들겠지만 다른 방법이 없으니 내가 제시한 요구조건을 들어줄 수밖에 없을 것이다.

실제로 3일 뒤 두 손 두 발 다 들고 사과하면서 모든 조건을 수용하되 오키나와 미군 기지를 필리핀으로 이전하는 건 단계적으로 해야 하니 3년이란 시간을 달라고 했다.

그 정도라면 현실적으로 이해되는 일이라 그러겠다고 하면서 이 문제는 일단락 짓기로 했다.

미국과는 합의를 봤으니 이젠 중국과 일본을 혼내줄 차례다.

우리는
열도침몰을
원한다

오리발은 이렇게

　현무에게 연락해서 워 머신 제작을 부탁한 다음 나는
일본으로 넘어갔다.

　시날로아에 갔더니 그 동네도 카르텔 보스 집이 어딘지
전부 알고 있었는데 도쿄라고 해서 별반 다를 것도 없었
다.

　대외적으론 선진국이니 뭐니 하면서 지들은 꽤나 선진
문화를 이룩해 놓은 것처럼 말하지만 다른 시각으로 보
면 야쿠자 하나 어쩌지 못하는 기형적인 구조를 지닌 나
라다.

　날 죽이려고 했던 야마구찌 구미 오야붕 쓰가루의 저택

이 어디 있는지 알아봤더니 시부야구 요요기 공원 근처라는 것을 어렵지 않게 알아낼 수 있었다.

뭐가 그리 떳떳하다고 이렇게 대놓고 활동을 하는지 모르겠다.

세계 3대 조직이라고 평가들 하는데 야쿠자는 확실히 이해하기 어려운 족속들이다.

야마구찌 구미가 도쿄뿐만 아니라 일본 전역에 퍼져 있지만, 그중에서도 시부야는 다른 조직은 일절 출입이 금지된 구역이기도 했다.

암묵적인 룰이지만 이 룰은 오랫동안 지켜지고 있었다.

그래서인지 쓰가루 오야붕의 저택은 경계가 삼엄하단 생각은 들지 않았다.

대신 CCTV가 곳곳에 달려 있어서 외부 감시는 철저히 하는 듯했다.

"수리!"

—네. 백호님.

"전파 차단 시작해."

—전파 차단 시작합니다. …차단 완료했습니다.

EMP탄은 이미 여러 번 사용했지만 까막수리가 지닌 강력한 전자전 능력을 발휘하는 것은 이번이 처음이다.

수리가 전파 차단을 시작하면서 쓰가루 저택을 중심으로 반경 1km 정도가 통제되기 시작했다.

TV, 전화기, 무선 통신, CCTV 등이 먹통이 되고 심지어 중심지인 쓰가루 저택은 전기까지 오락가락해서 차라리 두꺼비집 차단기를 내려버리라고 할 정도였다.

"가네다. 무슨 일인가?"

"죄송합니다. 오야붕! 잠시 전기에 문제가 생긴 듯합니다. 바로 조치하겠습니다."

"곧 미야미가 올 시간인 건 알고 있지?"

"알고 있습니다. 오야붕!"

"서둘러."

"넵!"

쓰가루 측근에서 온갖 수발을 다 드는 가네다는 심히 당황하는 중이다.

저택에 전기가 나가다니…….

자기 기준에서 이런 일은 있어서도 안 되고 있을 수도 없는 일이었다. 하필 오야붕의 여자가 오는 날에 이런 일이 벌어지다니 긴장으로 인해 등줄기에 땀이 줄줄 흘러내렸다.

전기에 문제가 생겨서 그런지 갑자기 분주해진 모습이 드론이 보내오는 영상에서 느껴질 정도여서 내 입가엔 썩소가 떠올랐다가 사라졌다.

피식.

"고작 조직 폭력배 수장 주제에 그만한 권력을 지니고 산다는 말이지?"

이제 갓 민주주의가 자리 잡기 시작한 한국도 조직 폭력배에겐 가차 없는 세상이 되었다.

그런데 일본은 야쿠자가 뿌리는 돈으로 어두워진 도시의 밤을 화려하게 밝혀놓고 있었다.

파친코는 또 어찌나 많은지…….

"배틀 드론 충전은?"

─완료됐고 에어 크래프트에 탑승 대기 중입니다.

"그럼 시작해 볼까?"

─바로 출동시킬까요?

"그래."

20기의 배틀 드론 중 다섯 기를 남겨 놓았었다.

아트래핀 반도체와 부품을 활용하기 위해서 15대는 분해했고, 혹시나 몰라서 다섯 대를 남겨 놓았는데 그것을 야마구찌 구미를 응징하기 위해 깨운 것이다.

에어 크래프트는 저택 상공 20미터 지점에서 멈춘 채 호버링을 했고, 해치백이 열리더니 다섯 기의 배틀 드론이 지상으로 거침없이 뛰어내렸다.

인간이 아니기에 배틀 드론에겐 고소 공포증 따위는 존재하지 않았다.

착! 착! 착! 착! 착!

정원을 밝히던 조명이 나간 상태라 가뿐하게 착지한 배틀 드론의 존재를 알아챈 조직원은 아직 없었다.

베틀 드론 기본 무장은 플라즈마 건이지만 오늘은 특별히 제작된 전기 충격 건과 아만티움 검으로 무장했다.

아만티움으로 만든 검은 오늘을 위해 특별히 제작된 것으로 야쿠자들이 툭하면 사무라이 검을 들고 설친 것에서 착안한 거였다.

"어? 당신 뭐야?"

저택을 경비하는 경호원 중 하나가 배틀 드론을 발견하고 소리쳤는데 어둑해서 베틀 드론이 사람처럼 보였던 것이다.

그러나 베틀 드론은 아무 말도 하지 않고 경호원을 향해 성큼성큼 다가왔다.

"꼼짝 마!"

멈추질 않으니 허리 뒤로 손이 갔고, 숨겨둔 단검을 꺼내더니 거침없이 뽑아 들었다.

여차하면 단검을 휘둘러 죽이기라도 할 것처럼 흉포했는데 사람도 아닌 로봇에게 그게 통할 리 없다.

그그극!

"응?"

퉁!

지지지직.

거리를 좁힌 경호원이 가슴부터 사각으로 내리그었는데 강철을 긋는 소리가 날 뿐 응당 들려야 비명이 들리질 않았다.

"젠장! 끄아아악!"

그 뒤로 베틀 드론에게서 뭔가 발사되었고, 경호원은 전기에 감전되어서 정신을 잃었다.

한바탕 소란이 일어난 다음이라 손전등을 들고 나타난 야쿠자들이 무더기로 덤벼들었다. 족히 스무 명은 돼 보이는데 여태 어디 숨어 있었는지 의문이 들 정도로 많았다.

"가네다님! 저거 뭡니까?"

"내가 그걸 어떻게 알아. 빠가야로! 뭐든 다 죽이면 될 거 아냐."

"아. 네!"

"서둘러 제압해. 지금 오야붕 심기가 불편하시다."

"하이! 가네다님!"

베틀 드론과 쓰가루 오야붕 부하들 간의 난투극이 벌어지는가 싶더니 침입자를 향해 달려드는 부하들이 죄다 쓰러져서는 간질병 환자처럼 경련을 일으키는 것이 아닌가?

"어? 저것들 왜 저래?"

"저, 저거 총 아닙니까?"

"칙쇼! 겁대가리 없는 놈들이군. 하야시! 당장 조직원들 무장해서 달려오라고 해."

"하이!"

쓰가루 오야붕의 수발러가 가네다라면 가네다의 수발

러는 하야시였다.

가네다 지시를 받은 하야시는 가까운 합숙소에 대기 중
엔 조직원들을 호출했고, 가네다는 남은 부하들과 함께
침입자에게 접근했다.

"여기가 어디라고 침입한 것이냐? 당장 멈추지 못해?"

뚜벅, 뚜벅.

아무리 소리쳐도 베틀 드론은 멈추지 않았고 손전등에
비추어진 얼굴을 확인한 가네다는 기겁해서 주저앉아
버렸다.

"헉! 저… 저거 뭐야?"

"가네다님! 왜 그러십니까?"

"어… 얼굴…….."

"네?"

"얼굴을 보라고. 등신 새끼야."

욕먹은 부하가 침입자 얼굴을 확인하려고 손전등을 비
췄는데 빛으로 드러난 곳엔 사람 얼굴이 아니라 거무튀
튀한 표정 없는 로봇이 자신을 노려보고 있었다.

"헉!"

툉!

지지직.

미처 놀랄 틈도 없이 전기충격탄에 맞아 기절해 버렸
고, 뒤늦게 정신을 차리고 도망가려던 가네다 역시 전기
충격탄에 맞아 경련을 일으켰다.

"이만하면 정리가 된 건가?"

더 이상 베틀 드론에 달려드는 놈들은 없었다.

물론 얼마 지나지 않아서 지원이 도착하기는 하겠지만 말이다.

그것과는 상관없이 방탄복만 착용한 채로 지상으로 뛰어내렸다.

"야마구찌 구미 오야붕이 어떤 놈인지 얼굴 좀 볼까?"

베틀 드론에겐 기준이 있었다.

무기를 들지 않는 사람을 공격하지 않는 것과 공격하는 사람이라면 남녀노소를 막론하고 제압한다는 거다. 그래서인지 겁에 질려 벌벌 떠는 사람도 더러 눈에 띄었다.

나는 그들을 무시하고 저택 안으로 들어갔다.

이미 모두 제압된 상태라 그런지 집 안은 오히려 적막했다. 그리고 일본도를 들고 나를 가로막는 한 사람과 그 뒤로 근엄한 표정을 짓고 있는 다른 한 사람이 보였다.

"뒤에 있는 놈이 두목인가?"

"넌 누구냐? 밖에 있는 것들은 뭐고?"

"엥? 내가 누군지도 모르고 죽이려고 했어?"

호랑이와 사자는 먹이 사냥에 최선을 다해서 나선다.

호랑이는 먹잇감이 약해도 존재감을 감추려고 숨어 있다가 한 방에 목덜미를 물고 사자는 초원의 왕이란 닉네임과는 어울리지 않을 정도로 무리 사냥을 하니까.

그런데 이놈은 적이 누군지도 모르고 의뢰를 받아들인

모양이다.

'이놈들도 이용당했군.'

짧은 시간 내린 결론은 바로 그거였다.

야쿠자는 꼬리 자르기용으로 이용당한 것이 분명했다.

"네가 누군데 그런 말을 하지?"

"어른끼리 대화 좀 하게 넌 빠졌으면 좋겠는데 말이 야."

"가네다! 물러나라."

"오야붕!"

"당장 뭘 어떻게 할 것 같지 않으니 물러나. 그리고 지원 병력 도착하면 밖에서 대기하라고 해."

"하, 하지만……."

"어서."

"하이!"

* * *

가네다가 일본도를 내리더니 조심스럽게 밖으로 나가고 쓰가루는 나에게 앉으라고 거실로 안내했다.

"앉지."

"여유가 넘치는군. 그래도 두목이라 이건가?"

"당신에게 언제든 날 죽일 능력이 있다는 거 인정하지. 그러니 변죽만 올리지 말고 누군지 밝히지. 그래."

"난 한국에서 온 강백호다."

"강백호? 으음… 아! WT그룹의 그 강백호?"

쓰가루는 겨우 생각난 것처럼 말했는데 연기하는 것 같지는 않았다.

"내가 여기 왜 왔는지 전혀 모르겠다는 눈치인데, 맞나?"

"다양한 방법으로 한국에 사업을 하고 있으나 당신이 나랑 무슨 상관인지 모르겠군."

"당신 부하들이 거제도 WT조선소에 테러를 일으키려고 했는데 보고도 받지 않았다는 건가?"

"우리 조직이 한국에 테러를 시도했고 심지어 미수로 끝났다는 건가?"

"오야붕이면서 그것도 모른다는 건가?"

"나라고 해서 모든 걸 알고 있지는 않아. 구역 보스들이 존재하니까 나는 그들을 통제하는 일만 해도 충분히 바쁘고 골치 아프니까."

눈빛을 보면 거짓말은 아니다.

그렇다면 그가 말한 대로 중간 보스 중 하나가 의뢰를 받아 저지른 일이란 뜻이다.

"그렇다고 해서 내가 당신을 살려줄 이유가 되지는 않아. 하마터면 중요한 사업장이 날아갈 뻔했으니까. 내가 그냥 넘어가야 할 이유를 대봐."

"대뜸 와서 모두 물리치고 여기까지 도착했으니 인정

해야겠지. 좋아. 원하는 것이 뭔지 말해보지 그래. 내가 말하는 것보다 그게 빠르지 않겠나?"

"만약 당신이 알고 있었다면 당신 조직은 오늘이 마지막이었을 거야. 나도 양심은 있는 놈이니 간단하게 제안하지. 아까 말하는 걸 들어보니 한국에 여러 형태로 사업을 하고 있다고 했는데 그거 전부 내가 지목한 사람에게 넘겨."

"전부?"

"그래. 전부여야 해. 그럼 당신과 당신 조직이 뭘 하든지 상관하지 않겠어. 물론 한국이나 한국인을 상대로 해 코지하는 일은 제외하고."

야쿠자든 뭐든 지네 나라에서만 개지랄 떨면 내가 상관할 바는 아니다.

그래서 이번 일은 이쯤 해결을 보려고 했는데 쓰가루 표정이 꽤 심각하다.

'한국에서 사업하는 규모가 얼마나 되길래 저렇게 고민하는 거지?'

합법적인 사업이라면 할 수도 있다는 생각이 들기는 해도 규모를 모르니 뭐라고 말하기가 좀 애매했다.

"한국 사업 매출이 100억 엔이 넘어가는데 그걸 포기하란 말인가?"

"당신 목숨보다 돈 몇 푼이 더 소중한가?"

꿈틀!

자존심이 상했는지 그의 미간이 꿈틀거린다.

"좋아. 오늘은 그렇게 넘어간다고 치자. 알게 모르게 당신을 공격할 텐데 막을 자신 있나?"

"단 한 번이라도 당신이나 당신 조직이 관련됐다는 것이 밝혀지면 야마구찌 구미는 그날로 마지막이 될 거야. 혹시나 지원 병력이 왜 이리 늦는지 생각하고 있다면 간단해. 전파 방해 중이라 어떤 비상 연락도 가능하지 않을 거니까."

"그래서 늦는 거였군."

"오늘은 당신 집 주변만 전파 방해 중이지만 다음번엔 도쿄 전체가 될 거야. 혹시 파이어 세일이라고 들어봤나?"

"그게 뭐지?"

"그러니까……."

파이어 세일은 디지털 용어라 쓰가루 같은 야쿠자가 알 리가 없다. 파이어 세일은 해커가 3단계에 거쳐 디지털 테러를 가하는 거니까.

1단계는 교통 시스템을 장악해서 교통을 마비시키는 것이고, 2단계는 금융, 통신, 전산을 장악하는 것이다. 마지막 3단계는 가스. 수도, 전기. 원자력 발전소 등을 점령해서 사회 기반 시스템을 마비시키는 형태다.

내 설명을 듣던 쓰가루는 점점 더 심각해지더니 나중에는 그런 게 가능하기는 한지에 대해 의문을 품었다.

"당신 능력은 인정해주겠지만 그런 일은 일어나지 않아. 아니 일어날 수가 없어. 그렇게 되기까지 우리가 가만있을 것 같은가?"

"궁금하면 해볼까?"

"뭐라고?"

"순차적으로 실시하면 되니까 오늘은 교통 마비 정도는 가능할 거 같은데… 어때?"

"내겐 허세로 보이는군."

"잘못 본 거야. 수리야, 베틀 드론 들여보내."

—네. 백호님.

명령을 내리고 수리는 그걸 실행했다.

잠시 후 베틀 드론 다섯 대가 현관문을 부수고 안으로 들어서더니 내 주변에 와서 멈춰 섰다.

"당신 눈에는 저게 뭐로 보이지?"

쓰가루에게 베틀 드론을 보라고 하면서 똑똑히 보라고 했다.

"뭐?"

"아! 너무 어두워서 안 보이나?"

수리에게 전파 방해를 중지하고 전력을 복구시키라고 했더니 촛불이 유일했던 거실에 빛이 강림했다.

"헉!"

그제야 베틀 드론을 자세히 봤는지 헛바람을 들이켰다.

"보시다시피 내 지시만 듣는 로봇이야. 우리는 이걸 베틀 드론이라고 부르지. 첫인상이 어땠는지 모르겠지만 베틀 드론 다섯 대면 자위대를 상대하고도 남아."

변수야 많겠지만 게릴라전으로 나간다면 불가능한 것도 아니라서 이번엔 허세 좀 부려 보았다.

"그, 그런……."

"하물며 이 베틀 드론이 당신에 조직을 상대한다면 어떻게 되겠어. 그리고 그걸 떠나서 당신이 죽고 나면 조직이 어떻게 되든 말든 무슨 소용이지?"

"나부터 죽이고 시작하겠다는 건가?"

"당연한 거 아닌가? 뭐든 대가리부터 잡아 놓고 시작해야 빠르고 피해 없이 끝낼 수 있으니까."

"시… 시간이 필요하다."

"난 그런 거 몰라. 당장 결정해. 그렇지 않으면 다시 와야 하고, 다시 올 때는 이 정도로 끝나지 않아."

"우린 그렇게 단순한 조직이 아니야. 한국 사업을 넘기려면 이권 개입에 걸린 조직원들 과반수가 찬성해야 한다고."

피식.

"아직 정신을 못 차린 것 같군."

"뭐?"

"당신은 지금 무엇을 기준으로 그리 생각하는지 모르겠는데 안 되면 당장 죽는다는 것을 생각하란 말이야. 그래도 뒷일이 걱정되나?"

오야붕으로서 입지가 흔들리기는 하겠으나 죽는 것보다 낫다.

낯선 침입자가 말한 대로 자신은 너무 많은 것을 생각하고 있었다.

당장 죽을지도 모르는데 말이다.

"무슨 말인지 알겠다."

"이제 좀 이해가 됐나 보군."

"한 달만 주면 한국 쪽 사업은 모두 정리하겠다."

"정리가 아니라 내가 지정한 사람에게 모두 넘기라고 했어. 대신 나도 일본으로 진출하진 않을 테니까."

어차피 머지않아 사회 기반 시설이 모두 망가질 것이다.

그것을 알고서 일본을 상대로 사업을 한다는 건 바보나 하는 짓이다.

피식.

"당신은 꽤나 오만하군."

"큭큭, 당신만 할까 모르겠군. 아, 한 가지를 빼먹었는데 거제도로 조직원 보낸 놈은 내게 넘겨야 할 거다."

"그놈이 어떤 놈인지 나도 궁금하군."

자신에게 굴욕을 선사한 중간 보스가 누군지 궁금하긴 할 것이다.

아마도 씹어 먹고 갈아 마시고 싶겠지.

"며칠 내로 사람을 보내지."

"이러고 간단 말인가?"

"왜? 난장이라도 피워줘?"

"그, 그게 아니라……."

"난 할 말 다했으니까 나머진 당신에게 달렸어."

끄응.

"알았다."

내가 물러난 후 야마구찌 구미엔 피바람이 불기 시작했다.

누가 했는지 알아내기 위해서 꽤 많은 부하들이 상해야 했기 때문이다.

그리곤 배후 인물이 누군지 밝혀졌다.

"죄송합니다. 오야붕!"

"그러니까 내각조사실 의뢰를 받고 저지른 일이라 이 말인가?"

"암살 협박까지 받아서 저로선 거부하기가 힘들었습니다만, 말씀드리지 못한 건 죄송합니다. 오야붕!"

누가 사고를 쳤나 했는데 꽤 중요지역을 맡아 관리하는 중간 보스 가네무라였다.

"한국으로 가라."

"오야붕! 무슨 말씀이십니까?"

"강백호, 그 사람을 찾아가서 사과하고 한국 사업을 넘

긴 다음에 돌아와. 그런 다음에 명예롭게 할복할 기회를
주겠다."

"……."

가네무라 머릿속에 오만가지 생각이 맴돌기 시작했다.

갑자기 한국에 가라는 것도 당황스럽지만 할복이라
니……

'죽고 싶지 않아. 아니 죽을 수 없어.'

언젠간 오야붕이 될 수도 있다는 야망을 키워왔다.

그런데 내각조사실 의뢰를 받았다고 할복이라니… 이
건 받아들일 수 없었다.

"왜 말이 없나?"

"오야붕! 전 정말 어쩔 수 없었습니다."

"자네가 깨끗하게 성공했다면 이러지 않아도 됐을 거
야. 하지만 말이야. 자네가 보낸 부하들이 일도 제대로
못하고 체포되어서는 죄다 털어놓았다는 것이 문제야.
이것이 내각조사실에 알려지면 어떻게 되겠나? 아니지.
어쩌면 이미 알고서 자넬 지우려 할지도 모르겠군."

"지워요?"

"당연한 거 아닐까?"

음흉하기론 세상 둘째가라면 서러워할 내각조사실이
다.

어쩌면 이미 가네무라를 죽여서 입막음하려는 음모가
진행 중일지 모른다는 생각이 들기는 했다.

"제가 한국으로 가면 살아날 가능성 있는 겁니까?"

"솔직히 그건 나도 모르겠군. 일단 강백호 그 사람을 찾아가라. 할복에 대해선 다시 생각해보겠다. 가서 뭐라도 해."

끄응.

"알겠습니다."

*　*　*

한국에 돌아와서는 참 오랜만에 대림동을 찾았다.

중국 화교들이 형성한 차이나타운을 무너트리기 위해서 한국에 머물게 한 제네시스 소속 크로우 용병단이 자리 잡은 곳이 바로 대림동이다.

"그래서 야쿠자들이 하는 사업을 모두 인계받으란 말씀이시군요."

대충 무슨 일이 있었는지 설명하고 사업 인수인계를 위해 사람을 보내란 말을 하고 있었다.

"그렇습니다."

"사업 규모가 얼마나 되는 것입니까?"

"한국 돈 매출 기준으로 천억 원이 넘는 것 같더군요. 그래서 말인데 사업을 인계받는 것과 동시에 크로우 용병단을 하나의 사업단으로 승격시킬 생각입니다."

크로우 용병단은 이미 체질 개선을 끝냈다.

치고 박고 총질하는 전투가 마려운 용병들은 아프리카 쪽으로 보냈다.

대신 행정이나 도시 쪽 일을 선호하는 용병들이 크로우 용병단으로 합류했다.

그래서 5년이 지난 지금은 용병단이라기보단 사업단이라고 하는 것이 더 어울리는 말인데, 그것을 해낸 사람이 바로 러셀 사이먼 단장이었다.

"사업단이라면 기업 형태를 말씀하시는 겁니까?"

"네. WT그룹과는 별도로 WC 즉, White Crow란 이름으로 사업을 진행하세요. 경영은 전적으로 단장님께 맡기겠습니다."

하얀 까마귀란 뜻으로 크로우 용병단의 정체성은 이어 가겠다는 뜻이다.

대림동에서 했던 일도 있고, 야쿠자가 하던 사업을 인계받는 일이니 적당히 거친 일도 연루돼 있을 것이란 생각에서 그렇게 하기로 했다.

"규모가 훨씬 커지는 일인데 제가 해낼지 모르겠습니다."

"CW를 잘 키워주세요. 단장님, 아니 이젠 회장님이라고 불러야겠군요. 사이먼 회장님이 키워낸 인재들이 전 세계로 흩어져서는 비슷한 일을 진행해야 하니까요."

"무슨 일이든 하면 되는데 회장이란 호칭은 부담스럽습니다."

"규모에 맞게 조직을 키우는 겁니다. 그러니 사양하지 말고 규모를 더 키워주셨으면 합니다. 그리고 호칭은 조직에 맞는 구성일 뿐 그리 중요한 것은 아닙니다. 우리가 무슨 일을 하는 가가 더 중요하지 않겠습니까?"

"그건 그렇지만……."

"그럼 인수인계 팀을 구성해서 도쿄로 보내세요."

인수인계 팀을 보내려고 했는데 쓰가루에게서 연락이 오더니 지금 내부 청소 중이니 일을 진행할 사람을 보내겠다고 해서 그러라고 했다.

그리고 가네무라란 중간 보스가 나를 찾아와서는 사과하길래 사이먼 회장에게 데려다주고는 야쿠자와 관련된 일은 잠시 잊어버리기로 했으나 아직 한 가지 해결할 일이 남았다.

바로 테러를 계획하고 사주한 내각조사실을 응징하는 일이다.

그들은 자기네 모국을 위해 할 수 있는 일을 했다고 항변할지 모르겠으나 나는 나대로 응징하지 않고 지나갈 수는 없는 일이다. 그래서 내각조사실 서열 1위부터 10위까지 고위 간부를 아낌없이(?) 제거해 주었다.

"쳇! 강아지와 산책이라니……."

음모를 꾸미고 테러를 지시한 놈이 공원에서 한가롭게 강아지와 산책 중이라니 욱하는 감정이 치솟았다.

내각조사실 최고위직 이가와 실장을 요요기 공원에서 찾아냈다.

"수리야. 신벌로 가자."

—신벌이 무슨 말인지 알아들을 수 없습니다. 백호님.

"천벌과 같은 뜻이야. 일본에서는 신벌이란 표현을 쓰기도 하니까 그리 말해 본 거야."

—아. 플라즈마 포를 쏘자는 말이군요.

"맞아."

—강아지와 함께 있는데 괜찮겠습니까?

"…으음."

강아지가 무슨 죄가 있을까 싶기는 해서 나도 신경이 쓰이던 참이다.

그런데 때마침 목줄을 놓쳤는지 갈색 푸들이 총알같이 뛰어 나갔다.

—지금이라면 가능합니다.

"빨리 쏘고 다음 타깃으로 넘어가자."

—네. 백호님.

이때다 싶어서 명령을 내렸고, 수리는 이가와 실장 머리 위로 플라즈마 포를 발사했다.

누가 봐도 마른하늘에 날벼락이 떨어져서 신벌을 당한 것처럼 보였다.

그 뒤로도 아홉 명이 더 같은 일을 당했는데 얼마나 정밀한지 부수적인 피해는 전혀 없었다.

내 기준에서는 천벌을 받아 죽어도 좋을 놈들만 처단한 거다.

　씨익.

　"이젠 시베리아 호랑이 차롄가?"

　　　　　＊　＊　＊

　"그게 무슨 소린가?"

　"말 그대로입니다. 각하! 이가와 실장을 비롯해서 10 명의 내각조사실 간부가 한 줌의 재가 되었습니다."

　"주… 죽었다는 뜻인가?"

　"네. 번개를 맞아 흔적이 남지 않을 정도로 타버렸다고 합니다."

　"그게 말이 돼?"

　한 명이라면 어떻게 이해하고 넘어갈 수도 있는 일이 다.

　이가와 실장이 거기에 포함된 것도 기가 찰 노릇인데 내각조사실을 이끌어가는 10명의 고위 간부가 같은 날 번개를 맞아 타버렸다는 거다.

　"말이 안 되는 일이 실제로 일어나 버렸습니다. 각하!"

　"미치겠군. 도대체 왜 이런 일이 일어나는 건데?"

　오카다 관방장관을 바라보는 모리 총리는 답답하고 억 울한 마음에 가슴을 팡팡 두들겼다.

"제가 추측을 해봤는데 말입니다."

"뭔데?"

"이번 일은 아무래도 한국에서 저지른 일이 아닐까 싶습니다. 정확히는 강백호 그 작자가 의심스럽습니다."

"이유는?"

"거제도 일이 막히고 중국이 협조했던 휴전선 무장 공비 사건도 시작 단계에서 끝이 나버리고 말았습니다. 배후를 알아냈다면 복수를 하려고 했을 거라는 것이 제 생각입니다."

"좋아. 다 좋은데 현실적으로 번개를 컨트롤하는 것이 가능해?"

십분 이해한다고 쳐도 번개가 사람을 죽였다고 했다.

과학 문명이 많이 발전했다고 해도 이건 말이 안 되는 거였다.

"저희가 모르는 기술이 있다면 가능할지도 모르잖습니까?"

"그러니까 어떤 방법인지는 모르겠으나 인위적으로 일어난 일이고 배후엔 한국, 아니지. 강백호 그 인간이 있단 말이지?"

으드득!

모리 총리는 어금니를 꽉 깨물면서 말했다.

"어디까지나 추측입니다. 각하."

"그래서 뭘 어떻게 했으면 좋겠는데?"

"네?"

"강백호란 놈이 있다고 생각하는 거면 대책까지 말해 보란 말이야."

이미 여러 번 시도했던 일이 또 실패하더니 이가와 실장이 한순간에 사라져 버렸고, 내각조사실은 또다시 위기에 빠졌다.

속이 타는지 냉수를 벌컥벌컥 마신 다음에 푹신한 의자에 몸을 던지듯이 앉았다.

"우선은 내각조사실을 정비하고 대책을 생각해보는 것이 어떻겠습니까?"

"무능해."

"네?"

"죄다 무능하단 말이야. 으이그 속 터져."

"가, 각하!"

"아니라면 말해봐. 뭘 어쩔 거야? 어쩔 거냐고?"

"죄송합니다. 각하!"

전대미문

  아직 겨울이 가시지 않았는지 수백 명의 부대원이 반바
지 차림으로 눈밭을 구르고 있었다.
  그리고 그것을 지켜보는 지휘관들이 있었으니, 담가룬
상교(대령)와 엽승유 소교(소령)다.
  "한국에 갔던 공작원들은 실패했다지?"
  "네. 워낙 급하게 진행해서 그런지 결국 실패하고 말았
습니다."
  "하아… 우리 부대로선 불명예스럽군."
  "대외적으론 알려지지 않을 겁니다."
  "한국에서 우리 부대명을 언급했다고 하지 않았나?"

"그게 받아들여질 리가 없다는 거 아시잖습니까?"

"다른 사람들은 몰라도 방 상교, 그 인간이 문제야."

자신과 진급 경쟁을 벌이고 있는 다른 부대 지휘관을 말하는 거다.

나이도 같고 군 생활도 같이 시작한 동기였는데 누가 먼저 별을 다는 장군이 되는지 경쟁하고 있었다.

그 인간이 알게 된 것도 문제고 대외적으로 알려지진 않더라도 알 만한 사람은 다 알게 되는 것이 문제다.

"다른 부대 지휘관인데 뭘 어쩌겠습니까?"

한 번만 더 진급하면 대교가 된다.

그다음은 바로 장군 소리를 들을 수 있는 소장이 되는 것인데 오점이 생기고 말았다.

"그런데 말이야."

"네, 담 상교님."

"진 상위 팀이 가지 않았나?"

"맞습니다만……."

"우리 시베리아 호랑이 부대원 중 최고가 갔는데도 서울에 도착하지도 못했다는 건가?"

망신은 망신이고 베스트 오브 베스트를 보냈는데도 실패했다는 걸 인정할 수가 없었다.

그리고 묘한 일이 하나 더 있었는데 작전이 실패했는데도 아직 불려가지 않았다는 것이다.

다른 일 같았으면 진작에 부대장에게서 호출이 왔을 것

이라 하는 말이다.

"저도 의문이긴 합니다만 운이 없었다고 봐야 하지 않겠습니까?"

"…음. 그렇겠지?"

"물론입니다. 상교님."

"부대장에게선 아직 연락이 없나?"

"그렇습니다."

"하아… 도대체 뭐가 어떻게 돌아가는지 모르겠군."

담가륜 상교가 의문을 품고 있는 그 시각 시베리아 호랑이 본부엔 EMP탄이 떨어져 통신 장비 회로가 모조리 타버린 뒤였다.

같은 시각 북부전구 사령실에선 갑자기 제멋대로 움직이는 미사일 통제 시스템 때문에 난리가 나고 있었다.

"이봐! 아직이야?"

"으아악! 미치겠습니다. 도저히 막을 수 없습니다."

이들은 미사일 시스템이 해킹당해서 외부에서 조종하고 있다고 판단하고 통제권을 되돌리기 위해서 달려들었다.

"어? 저건 또 왜 저래?"

중교(중령) 계급장을 달고 있는 장교 하나가 입을 쩍 벌린 채로 어버버거리고 있었다.

"네?"

"저거 지금 미사일 사일로가 열리고 있는 거 아니야?"

"헉!"

반응만 봐도 맞다는 걸 알 수 있었다.

미사일 사일로가 열린다는 것은 곧, 발사가 이루어진다는 걸 의미하는 거다.

"안 돼. 막아야 돼. 막아야 한다고……."

저 미사일이 어디로 날아가든 자기 모가지는 뎅강 날아가 버리기에 그는 절규했다.

천진 외곽에 꽁꽁 숨겨둔 미사일 기지라 극비 중에도 극비인데 그곳에 설치된 다섯 기의 미사일 사일로가 전부 개방되었다.

따르르르릉!

—누구야?

"천풍 중교입니다."

—지금 뭐 하는 짓거리야?

"네?"

—누가 미사일 발사 훈련하라고 했냔 말이야.

대뜸 호통부터 치는 사람은 북부전구 최고 사령관의 부관이다.

이렇게 연락이 왔다는 것은 본부에서도 미사일 통제센터에서 벌어지는 일을 알았다는 거다.

"후… 훈련이 아닙니다."

—지금 나랑 장난하자는 거야? 뭐야?

"그, 그게 아니라……"

—똑바로 말해. 뭐 하려고 사일로를 개방했는데?

"통제센터가 해킹당해서 제멋대로 움직이는 중입니다."

—너 미쳤어? 미친 소리 작작하고 똑바로 말하지 못해?

"정말입니다. 시스템이 해킹당해서 제멋대로입니다."

—미친 새끼! 그 미사일 발사됐다간 전부 끝장이라고. 알아?

"하, 하지만 막을 방법이……."

—죽고 싶어?

"최선을 다해보겠습니다."

—최선이 아니라 해결을 하라고. 해결을…….

그러나 무슨 수를 써도 시스템이 제멋대로 움직이는 것을 막을 수 없었다.

그래서 전원을 꺼 버리고 했는데 이게 최신 시스템이라 전력 통제장치가 있어서 그마저도 제압당해서 어떻게 해볼 수가 없었다.

최후의 방법은 미사일 사일로를 폭파해서라도 미사일 발사를 막아야 하는데 한시가 급했다.

"사… 상교님!"

"왜? 방법을 찾았어?"

"그게 아니라 목표 지점이 심양입니다."

"뭐?"

"심양 외곽에 위치한 시베리아 호랑이 부대 본부를 겨냥하고 있다니까요."

"이런 미친……."

이게 해킹에 의한 테러라면 자신은 살아도 산 것이 아니다.

게다가 미사일 목표 지점이 군에서도 위명이 자자한 시베리아 호랑이 부대라니 세상이 무너지는 거 같았다.

"빨리 연락해서 피하라고 해야 하지 않을까요?"

"그, 그래야지."

순간 미사일 발사 카운트다운이 시작되었다.

띵! 띵! 띵…….

"사… 상교님! 카운트다운입니다."

"빨리 연락해, 어서!"

"예? 아 네!"

급히 시베리아 호랑이 부대와 연락을 시도했으나 부질없는 신호만 애를 태울 뿐이다.

"뭐 하고 있어?"

"신호만 가고 받지를 않습니다."

급기야 미사일이 발사되었는데 열린 사일로 다섯 군데 모두에서 미사일이 발사되었다.

천진 미사일 기지 사일로에는 중국이 자랑하는 둥펑 미사일 시리즈 중 세 번째로 DF—3 미사일이다.

사거리가 최대 4,000km까지 날아가는 탄도탄으로 일본 전체가 사정거리에 들어오는 거리다.

탄두 중량만 2톤이 넘는 괴물이라 어디든 타격하면 반경 수 킬로미터가 초토화되는 걸 각오해야 한다.

"으아아악! 발사됐습니다."

이젠 연락이 된다 해도 소용없다.

천진에서 심양까지 순식간에 날아가기 때문이다.

문제는 다섯 기의 미사일이 한 곳에 떨어질 경우 무슨 일이 일어날지 모른다는 것이다.

주변에 민가가 없다곤 하지만 폭발 여파가 어디까지일지 가늠이 되질 않아서다.

그런데 발사된 후에 이변이 일어났다.

"어?"

"또 왜?"

이미 모든 것을 포기한 상교다.

이미 미사일은 발사되었고, 시베리아 호랑이 부대가 타깃이라면 최소한 민간인 피해는 없을 거라는 미묘한 안도감 때문이다.

그런데 뭐가 또 일어나고 있었다.

"저… 저것 좀 보십시오."

"응?"

"1호기는 심양으로 나머지는 일본 쪽으로 방향을 틀었습니다."

"나도 보고 있어."

지켜보는 것 말고는 할 수 있는 일이 없어서 달리 할 것도 없었다.

"어쩌죠?"

"운명에 맡겨야지. 어쩌겠어. 저거 설마 일본을 직접 타격하진 않겠지?"

"그럼 어찌 되는 겁니까?"

"어찌되긴. 바로 전쟁 나는 거지."

　미사일 공격을 받고 가만있을 나라는 없다.

　더구나 동북아시아 맹주라 자처하는 중국과 일본 간에 일어나는 군사 분쟁이라면 자칫 3차 대전으로 발전할 수도 있는 문제다.

"맙소사!"

　이들이 어처구니없어 하는 만큼 한국, 일본, 미국 3국 또한 천지에서 발사된 미사일 때문에 난리가 났다.

　그나마 한국 정부는 자중하고 있었는데, 내가 고진태 장군에게 살짝 힌트를 준 덕이다.

＊　＊　＊

"각하! 중국에서 미사일이 발사됐습니다."

"그게 뭐? 한두 번도 아니고 또 훈련이겠지."

"그게 아니라 본토를 향해 날아오고 있습니다. 무려 4기나 됩니다. 각하!"

"지금 무슨 소리를 하는 거야. 미사일이 우리 일본을 향해 날아온다는 거야?"

"그렇습니다. 각하!"

"미친… 중국이 우릴 향해 틴도탄을 발사했다는 거야?"

"네! 각하!"

"목표 지점이 어디야?"

"이대로라면 도쿄를 직격할 것 같습니다. 어서 벙커로 이동하셔야 합니다."

그랬다.

미사일이 도쿄를 향해 날아오고 있었는데 기껏해야 10분이면 날아오고도 남을 거리다.

"벙커?"

"네. 빨리 움직이셔야 합니다."

"화… 황거엔 연락했나?"

"천황폐하께서도 벙커로 이동 중이십니다. 어서 가시죠."

"그래. 알았어."

모리 총리는 생각이 많았지만, 일단은 살아남는 것이 우선이란 생각에 서둘러 벙커로 이동했다.

그러나 미사일을 도쿄를 넘어 한참 떨어진 바다에 떨어져서 폭발했다.

하지만 심양으로 향한 미사일은 그보다 전에 시베리아

호랑이 부대 본부 건물에 직격했다.

그로부터 한 시간 뒤.

"담 상교님!"

"왜? 무슨 일 있나?"

"그것이……."

"뭔데 그래. 빨리 말해봐."

"둥펑 미사일이 본부에 떨어졌답니다."

"만우절은 아직 한참 남았는데 그리 살벌한 농담을 하다니 엽 소교도 짓궂은 성격이구만."

"농담이 아닙니다. 담 상교님!"

엽승유 소교는 원체 밝은 성격의 소유자다.

그런데 그가 침통한 표정을 짓고 있었다.

분명 뭔가가 일어난 거다.

"정말이란 말인가?"

"그렇습니다. 부대에 미사일이 떨어져서 훈련 나온 저희 부대를 제외하곤 모두 희생되었다고 합니다."

"그럼 아까 전에 느껴졌던 진동이 지진이 아니라 미사일이 폭발해서……."

"아마도 그런 듯합니다."

"도대체 왜?"

"자세한 상황은 아직입니다. 일단 산둥성 사령부로 가셔야 하지 않겠습니까?"

"당장 정리하게."

"알겠습니다."

정리한다곤 하지만 살아남은 부대원들은 갈 곳이 사라졌다.

"어찌 이런 일이……."

전대미문의 일이 일어난 것이다.

감가륜 상교는 그렇게 생각할 수밖에 없었다.

한편 중국 정부는 신장 위구르 독립군을 의심했으나 증거는 없었다. 아무튼 이 사건으로 일본 정치권은 중국을 향해 당장 해명하라면서 난리가 났다. 미국을 포함해서 서방 선진국들은 모두 중국을 규탄하고 사과와 함께 재발 방지를 위해 대책을 내놓으라고 했다.

이로써 한국을 상대하려고 협잡을 일삼았던 중국과 일본은 새로운 국면을 맞이했다.

* * *

"당신이에요?"

"뭐가?"

"미사일이요."

엎드려 있어서 잘록하고 매끈한 허리가 드러난 소피가 중국에서 촉발된 미사일 기지 해킹 사건을 들먹였다.

씨익.

"맞아. 내가 했어."

"어떻게 미사일 기지를 해킹했어요?"

소피는 미사일이 발사된 것보다 어떤 기술로 어떻게 해킹했는지가 더 궁금한 듯했다.

"수리가 있는데 못할 것도 없잖아."

"인공지능인 것은 아는데 그런 일까지 가능한지는 몰랐어요."

"수리는 양자 컴퓨터를 기반으로 하는 인공지능이야. 다시 말해서 지금 시대 기술로는 감당할 수 있는 곳이 없다는 뜻이지."

현시대는 점점 더 디지털 시대로 발전하고 있는데 우리 입장에서 보면 제대로 판이 깔리는 것이나 다름없었다.

"설마 우리나라도 해킹하고 그런 건 아니죠?"

"당신도 알지만, 이번 일은 보복일 뿐이야. 누구라도 우릴 먼저 건드리지 않는 이상 실력행사에 나설 일은 없다는 뜻이야. 물론 일본 같은 예외는 있겠지만."

소피는 요즘 한국사를 공부하고 있었는데 놀랍게도 선생이 수리였다.

언어 때문이기도 했는데, 마땅한 선생님을 찾기 애매해서 일어난 일이다.

덕분에 소피와 수리는 꽤 친해져 있었다.

"그래서 말인데 수리 동생을 만드는 건 어때요?"

"동생?"

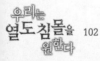

"같은 수준까지는 아니어도 하위 버전이라면 만드는 것이 가능할 것 같아서요."

"하위 버전을 만들어서 이스라엘에 수출해달라는 거야?"

"그럼 좋구요."

"그러다 역으로 통제당하면 어쩌려고?"

수리 하위 버전이 아니라 같은 수준이라 해도 인공지능 프로그램을 수리가 만드는 한 언제든 통제할 수 있는 코드를 심어둘 수 있는 일이다.

"하이 리스크 하이 리턴이란 말도 있잖아요."

"위험성은 고려하겠다고?"

"물론이에요. 아버지도 그렇게 말씀하셨어요. 사위를 못 믿으면 누굴 믿겠냐고."

우주에 나가 지구를 보면서 프로포즈는 했어도 아직 정식으로 인사하지는 않았다.

소피가 하는 말을 들으니 괜히 미안한 마음이 들었다.

"하하하!"

"왜 웃어요?"

"그냥 웃음이 나와서."

"그러니까 왜요?"

"총리님이 날 사위라고 했다니 어색해서 웃은 거야."

"그럼 사위라고 하지 뭐라고 해요?"

"아직은 어색해서 그래."

"적응해야지 어쩌겠어요."

"그러게. 참, 내가 선물을 준비했는데."

"무슨 선물이요?"

"총리님을 위한 선물이야."

소피 아버지를 위한 선물이라기보단 한국과 이스라엘 동맹을 위해 필요한 일을 진행하는 거였다.

"뭔데요?"

"이번에 드론 부대를 창설할 예정이거든."

"어? 그럼 한국군에 정식으로 드론을 도입하는 거예요?"

"이미 예정된 일을 진행하는 거야."

"그래도 시간이 더 걸릴 줄 알았어요."

"공감대 형성을 위해 기다렸던 것인데 더 이상 미룰 이유가 없어서 시작하려는 거야."

"그런데 그게 어떻게 선물이에요?"

"드론 부대 창설을 위한 훈련 센터를 만들 건데 이번에 이스라엘 드론 부대도 창설하란 뜻이야."

"어머! 정말이에요?"

이제야 내가 무슨 소리를 하는지 알아먹은 거다.

벌떡 일어나서 나를 안았는데 소피가 헐벗고 있어서 그런지 심하게 에로틱한 장면을 연출해냈다.

* * *

얼마 뒤 드론 부대인 검은 독수리 부대가 창설되었고, 컨트롤 훈련을 위해 삼성동 위성 센터에 훈련 센터가 만들어졌다.

국방부에서는 다른 장소를 추천했으나 시스템상 위성 센터와 가까운 것이 좋다고 설득해서 위성 센터가 입주해 있는 빌딩 일부를 사용하기로 했다.

전군에서 지원과 차출을 통해 장교와 부사관을 모집했고, 규모는 약 1,000명으로 구성되었다.

얼핏 생각하면 많다 싶어도 드론 정비 부대 파트까지 고려하면 절대 많은 숫자가 아니었다.

당연히 드론 컨트롤 부대와 정비 부대로 나누어졌고, 그 외에도 지원과 행정을 고려하면 제대로 된 부대 하나를 만들어내는 일이라 쉽게 끝날 일은 아니다.

행정과 지원은 경험자들이 많으니 당장 어떻게든 할 수 있어도, 드론에 대한 부분은 상당 기간 교육이 필요해서 훈련 기간을 파트별로 짧게는 6개월에서 길게는 1년까지로 잡았다.

"너무 확확 변하니까 나 같은 늙은이들은 따라가기가 힘들 정도군."

"별말씀을 다 하십니다."

"말로만 첨단, 첨단 했지 실제로 이런 시대가 올 거라 곤 짐작도 하지 못했어. 어쨌든 자네 형제 덕에 우리 군이 나날이 발전하는 거 같아서 기분이 아주 좋아."

"다들 장군님처럼 생각해 주면 좋을 텐데 한편으론 걱정도 됩니다."

"하하하, 너무 걱정하지 않아도 될 거야."

"그렇습니까?"

"지금 별을 단 군인들 사이에선 난리가 났다네. 드론 부대 사령관이 되고 싶어서 말이야."

고진태 장군 말대로 별을 단 군인들이 새로운 부대 창설을 오히려 반기고 있었다.

지금까지 인사 적체도 심했고, 오랫동안 변함없던 군 생활에서 뭔가 새로운 변화를 원하고 있어서다.

"그렇다면 다행이네요."

"그게 다 자네랑 친해지고 싶어서 그런 거 아니겠나."

"저랑 친해진다고 뭐가 달라지나요?"

"막상 뭐가 없어도 기대 심리라는 것이 있잖나."

"…으음, 솔직히 아니라곤 못 하겠네요. 아는 것과 모르는 것은 차이가 있으니까요."

"내 말이 그 말 아니겠나. 하하하!"

누구에게 추천받는 것과 내가 그 사람에 대해서 알고 기용하는 것에는 차이가 있기 마련이다.

그래서 부인하지 않고 인정했다.

"부대 지휘관이 누군지는 정해진 겁니까?"

"참모진은 정해졌는데 지휘관은 아직이네."

"늦어지네요."

"부대 성격상 드론에 대해 문외한이라면 곤란해서 말이야. 사전 지식을 갖춘 지휘관을 찾다 보니 시간이 걸리는 중이지. 그래서 말인데 지휘관이 누가 되든 지휘관을 보좌해줄 고문이 필요할 것으로 보이는데 자네가 추천해주면 안 되겠나?"

"WT 항공에 예비역 장교가 있는지 찾아보겠습니다."

이건 나보다 오세희 회장에게 맡겨두면 빨리 해결될 것 같아서 일단 알았다고 말했다.

"하하하! 고맙네."

"중국하고는 어떻게 진행 중입니까?"

오늘 고진태 장군을 만난 이유다.

일본하고도 여러 이슈로 여전히 으르렁 중이지만 중국과도 별반 다르지 않아서 휴전선에 무장 공비를 보낸 일로 사과와 보상을 요청했고, 중국은 여전히 모르는 일이라고 발뺌하는 중이다. 그들은 오히려 왜 평범한 중국인을 붙잡아 놓고 핍박하냐면서 빨리 석방하라고 주장했는데 최근엔 미사일 기지 해킹 사건도 한국이 한 짓이라고 여론전을 펼치고 있었다.

여기까지는 내가 아는 내용이고 뭔가 업데이트된 것이 있는지 알고 싶었다.

"자기네 특수부대 하나가 미사일 피해를 입었다면서 우리더러 10억 달러를 배상하라고 하더군."

"증거는 있답니까?"

"제시하는 증거도 없이 막무가내야. 지금 그럴만한 일을 할 수 있는 나라는 한국밖에 없다나 뭐라나."

"그러라고 두십시오. 중국과 일본은 국제 사회에서 점점 더 신뢰를 잃어갈 겁니다."

"그게 목적이었나?"

"복수를 겸한 일이죠. 감히 우리 땅에 들어와서 민간인을 다치게 하다니 용서할 수 없는 일입니다. 참, 민간인 피해보상은 이루어졌습니까?"

알게 모르게 피해 가족을 위한 지원이 이루어지고 있었는데 내가 묻는 것은 국가 차원에서 배상이 이루어졌냐는 것이다.

"물론이네. 피해 가족의 아픔을 대신할 순 없지만, 충분히 보상했다고 생각하네. 물론 여러 기업도 도왔고."

"그나마 다행입니다."

"그리고 북한 쪽도 정리가 됐다더군. 무장 공비를 통과시켜준 관련자를 찾아서 처벌했다고 전해왔네."

"드론 부대가 준비될 때까지 휴전선 감시에 위성 센터를 동원하면 어떨까요?"

"그건 이미 하고 있는 일인데?"

"정식으로 언급해서 소형 드론을 투입하게 만들자는

겁니다. 아무래도 위성은 꼼꼼하게 챙기긴 어려우니까요."

위성은 위에서 내려다보는 시선이라 숨어 있는 적을 찾아내기엔 어려움이 많았다. 그러니 소형 드론을 투입해서 세밀함을 더하자는 거였다.

"당장은 해당 부대가 없으니 용역을 달라는 말이군."

"그렇습니다."

핵심은 이거였다.

민간 기업이 휴전선을 감시하는 것에 대해 말이 나올 수 있으니 차라리 대외적으로 공표하고 용역을 달라는 거였다.

그와 동시에 김종은 위원장에게도 허락받아 중국과의 국경에도 드론을 투입할 계획이다.

"지금 분위기로는 그리 어렵지 않은 일이니 바로 추진해 보겠네."

* * *

몇 년 사이에 많은 것이 변했다.

특히 1년 사이에 급진적으로 변화해서 한국의 위상이 높아졌고, 그 때문에 동북아시아는 새로운 국면을 맞이하고 있었다.

일본은 대내외적으로 홍역을 치르고 있었는데 중국과

는 미사일 문제로 여전히 냉전 중이고 한국과는 동해 제해권을 두고 절치부심하고 있었다. 그러나 이것은 일본 측 입장이고 객관적으로 보면 동해는 이미 한국이 제해권을 행사하고 있었다.

또한 오키나와에 주둔 중인 미군이 단계적으로 철수하겠다는 계획을 천명함으로써 일본을 다시 한 번 발칵 뒤집었다.

"각하! 미군이 철수 계획을 내놨습니다."

"그게 무슨 말이야. 갑자기 철수라니?"

"오키나와를 떠나 필리핀 기지와 괌 기지로 나누어서 철수한다고 합니다."

"도대체 왜?"

"말을 아끼고 있지만 미국 대사가 살짝 언급하기를, 한국이 첨단 무기를 대가로 요청한 사안이라 어쩔 도리가 없답니다."

"그놈의 한국! 한국! 한국! 도대체 무슨 원수가 졌길래 못 잡아먹어서 안달이지?"

모리 총리는 몹시 분한지 표정이 야차와도 같이 변했다.

1945년에 태어난 그로선 왜곡된 교육을 받았기에 한일 관계에 있어선 일방적인 역사관을 가지고 있을 뿐이다.

그러니 자기 딴에는 한국이 왜 저러는지 이해가 안 되는 것이다.

"진정하시고 미군 철수를 막아야 하지 않겠습니까?"

"설마 전면 철수를 말하는 건 아니겠지?"

"그게 3년에 거쳐 단계적으로 전면 철수하겠답니다."

"누가 그래?"

"미국 대사가 한 말이라 유언비어는 아닐 겁니다."

"빌어먹을……"

"어떻게 하는 것이 좋을까요?"

"이봐, 관방장관! 지금 그걸 나한테 묻는 거야?"

"네?"

"보좌진이면 확실하게 보좌해야지 왜 나한테 대책을 내놓으라는 건데?"

모리 총리가 핏대를 세우면서까지 오카다 장관을 몰아세웠다. 자긴 잘못 없으니 니들이 알아서 대책을 내놓으라는 것처럼 말이다.

오카다 장관은 그대로 어이가 없었지만, 총리를 상대로 반항할 수는 없어서 참았다.

"각하!"

"알았어. 알았으니 회의 소집해."

"네. 각하!"

미군 철수를 막기 위한 비상 각료 회의가 소집되었으나 뾰족한 수가 나오진 않았다. 그래서 아쉬운 대로 미국 대사를 만나서 도대체 어떤 상황인지 들어보고 추후 대책을 마련해 보기로 했는데 정확한 이유를 알아야 대책을 세울 수 있다는 각료들 의견 때문이었다.

"앨런 대사, 오랜만이오."

"그러게 말입니다."

"단도직입적으로 묻겠습니다. 도대체 왜 철수하는 겁니까?"

주일 미국 대사인 앨런은 오랜 일본 생활로 한국보다는 일본에 더 친근감을 느끼고 있어서 대체로 일본 정부에 협조적이었다.

"이런 말 하기는 뭐하지만 대세가 한국 쪽으로 넘어갔습니다."

"혹시 아테나급 구축함 때문입니까?"

"뭔가 오해를 하신 모양입니다."

"뭐가 말입니까?"

"우리 미국이 그깟 구축함 한 척 때문에 이런 일까지 벌이겠습니까?"

"그럼 뭡니까?"

"아테나급 구축함을 말씀하셨으니 예를 들어 설명해 보죠. 그 아테나급 구축함에 얼마나 많은 기술이 숨어 있는지 아신다면 많이 놀라실 겁니다."

앨런 대사는 살짝 긴장했는지 목을 축인 다음에 다시 자세를 잡았다.

그가 긴장한 이유는 간단했다.

아네타급 구축함에 대한 정보는 미국에서도 대외비에

속하기 때문이다.

"한국 놈들이 만들어봤자 그게 그거지. 너무 그러지 마시오. 심기가 불편해지려고 하니까."

"이래서 문제인 겁니다. 아무튼 아테나급 구축함에는 우리 미국이 시작조차 못 한 기술이 가득하다고 합니다. 뿐만 아니라 이미 오래전부터 연구 중인 레일건만 해도 상상을 초월한다고 하더군요."

"결국엔 군사 기술 때문인 건 맞잖소."

"군사 기술만 있는 것이 아닙니다. 스마트 원자로에 대해서 들어보셨습니까?"

"그건 우리도 개발 중인 걸로 아는데 그건 왜요?"

"소말리아에 있는 보사소라고 들어보셨을 겁니다. 강백호 대표가 만들어낸 도시니까요."

"그래서요."

"그 보사소란 도시에 스마트 원자로가 설치돼 있는데 단 몇 기만으로 100만 명이 넘는 도시를 책임진다고 하더군요. 그리고 아테나급 구축함에 바로 그 스마트 원자로가 설치돼 있습니다."

"……."

모리 총리는 앨런 대사가 한 말을 듣고 크게 충격 받았다.

인정하긴 싫지만 한국이 점점 더 멀어지고 있었다.

도대체 왜 이런 일이 일어났는지 이해하기 어려울 정도

로 빠른 속도다.

"놀란 모양이군요."

"그게 화석 연료를 대체할 정도란 말이오?"

"아직은 많이들 몰라서 가만있지만, 곧 세상이 변할 겁니다. 특히 인공태양은 가히 혁명적인 기술입니다. 인류에게 특이점을 선사해 줄 정도로 말입니다."

"특이점이라고 했소?"

"그렇습니다. WT그룹에서 인공태양 기술을 판매하는 순간 원유가 시장에서 밀려나게 될 거란 말입니다. 그럼 이 세상이 어떻게 되겠습니까?"

"벼, 변하겠군요. 그것도 많이……."

"맞습니다. 그래서 특이점이 올 거라고들 하는 겁니다."

"전대미문의 일이 일어나겠군."

모리 총리가 뭐라고 말을 했는데 앨런 대사는 이해하지 못했다.

세상이 변하는 속도에 모두가 맞춰가려고 노력하는데 일본과 중국만이 그것을 인정하지 않고 독불장군처럼 굴고 있는 거였다.

오키나와

"미치겠군. 이러다간 미군 철수를 막을 수 없겠어."

"오키나와 현지사(=도지사)에게 맡겨보는 건 어떻겠습니까?"

"현지사?"

"네. 각하!"

모리 총리와 관방장관은 앨런 대사를 만나고 나서 한국의 위상이 달라졌다는 것을 인정해야 했다.

물론 머릿속에서만이다.

한국의 위상이 달라진 만큼 미군 철수를 막을 수 없다는 판단이 드는 가운데 관방장관이 다소 엉뚱한 제안을 내놓았다.

"현지사가 누구였더라?"

"야마오카 겐지입니다. 각하 덕분에 현지사가 된 인물이죠."

"그래?"

"네, 각하."

오키나와는 일본 땅이면서도 분위기가 좀 다른 곳이기도 했다.

약 130만 명 정도 되는 주민 중 상당수는 독립에 대한 열망도 가지고 있었고, 미군이 주둔하는 동안 적잖은 피해를 입어서 미군이 떠나기를 바라는 사람이 대부분이다.

"오키나와 분위기는 미군 철수를 반길 텐데 현지사가 하려고 할까?"

"각하께서 강력하게 지시하시면 하는 흉내라도 낼 겁니다."

"흉내 가지고 도움이 되겠어?"

"중앙 정치인들이 주장하는 것과 미군이 주둔 중인 현지에서 주장하는 것은 차이가 있을 겁니다."

"하지만 자네도 알다시피 대세는 기울었어. 앨런 대사가 저리 말할 정도면 이미 어떻게 해볼 단계는 지났다는 의미라는 거 자네도 알잖아."

"그래도 막으려는 시늉은 해야 하지 않겠습니까?"

"…으음. 그건 그렇군. 알았어. 내가 직접 연락해보지."

"제가 미리 연락해 놓겠습니다."

"알았어."

모리 총리는 잘 기억도 나지 않는 야마오카 현지사에게 전화해서는 잘 지내냐면서 친한 척도 하고 이래저래 사는 이야기도 좀 하다가 결국엔 본론을 꺼냈다.

—네? 저더러 미군 철수를 막으란 겁니까?

"우리도 노력하고 있지만, 현지사가 미군 사령관을 만나 사정해보는 것도 방법이 될 것 같아서 말이야."

—하지만…….

"이봐, 야마오카 현지사! 똑바로 판단해. 지금 내가 장난하는 것 같나."

—아, 아닙니다.

"내가 이리 말할 정도면 얼마나 다급해서 그렇겠어. 그러니까 사령관 만나서 똥꼬라도 핥아주라고. 내 말 알아듣겠나?"

통화 시작했을 때와는 다르게 윽박지르다 못해 협박까지 자행했다.

총리가 직접 전화해서 이렇게까지 말했으면 뭐라도 해야 하는 거다.

"헐… 황당하네."

"왜 그러십니까?"

"하토야마."

"네, 현지사님."

"각하께서 말이야. 나더러 미군 철수를 막으라네?"

"네?"

"자네가 생각해도 말이 안 되지?"

"그게 말입니까? 이유가 뭐랍니까?"

"나도 모르겠어. 다짜고짜 가서 막으라면서 소리치고 협박하고."

"그렇다면 뭐라도 하기는 해야 하지 않겠습니까?"

현지사 비서관인 하토야마는 자신이 모시는 현지사가 하루라도 빨리 중앙 정계로 진출하는 것을 원했다.

그래서 이걸 기회라고 생각했는데 총리가 직접 전화한 것이 처음이어서 그런지 지금까지 잠잠했던 욕망이 꿈틀거리기 시작했다.

"그렇겠지?"

"물론입니다."

"좋은 방법 없을까?"

"어차피 방법이 있는 건 아니니까 사령관을 만나기만 하시죠."

"각하도 답답해서 그러는 거니까 우리도 흉내만 내자는 거지?"

"맞습니다. 제가 미군 철수 반대하는 시민 단체를 부추겨서 부대 앞에서 반대 시위를 하게 만들겠습니다."

"기자를 불러서 뉴스에 나오게 하겠다는 거야?"

"그렇습니다."

미군은 이미 3년에 거쳐 단계별로 철수하겠다는 계획을 내놓았다.

야마오카 현지사 입장에서는 미군이 쓰던 군기지 반납과 관련해서 협상해야 한다.

어차피 만나긴 해야 한다는 뜻인데 철수 반대 의사를 밝히기 위해서 만나게 될 줄은 몰랐다.

오키나와 분위기는 대체로 미군 철수를 반기는 분위기여서 현지사가 철수 반대를 위해 사령관을 만났다는 것이 알려지면 지지율이 크게 떨어질 수도 있어서 절대 알려져서는 안 된다.

"내가 철수 반대를 위해 사령관을 만난다는 말이 흘러나가면 안 되는 거 알지?"

"물론입니다. 현지사님!"

* * *

야마오카 현지사가 사령관을 만나기로 한 날 아침, 누군가가 찾아왔다.

"어쩐 일로 오셨소?"

"오키나와 독립연맹 의장 토가와 타로라고 합니다."

"그건 이미 알고 있는 거고 무슨 일인지 말해 보시오."

토가와 타로는 비주류 정치인이다.

오키나와 독립을 위해 세력을 모으는 중인데 수십 년째 이렇다 할 성과가 없어서 모두 무시하는 단체이기도 했다.

그런데 최근 들어 분위기가 좀 이상했는데, 미군 철수가 한국 때문이라는 소문이 돌고 있었기 때문이다.

토가와 타로는 한국 친화적인 인물이라 중앙 정부에서 신경도 쓰지 않는 일본 대신 차라리 한국에 귀속되기를 바라는 인물이다.

야마오카 현지사도 그걸 알고 있어서 꺼리는 인물이라, 평소엔 비서관이 차단하는데 오늘은 왜 만나게 했을까? 하는 생각이 들었지만 이미 자기 집무실로 들어왔으니 잠깐이라도 상대해줘야 했다.

"미군이 철수한다고 들었는데 사실입니까?"

이미 알고 있는 사실이지만 현지사에게 다시 한 번 확인하기 위해서 묻는 거다.

"이미 언론에 발표됐는데 그걸 왜 나한테 묻는 거요?"

"전 언론을 믿지 않는 편이라 확인이 필요했습니다."

"내가 알고 있는 것도 언론에 발표된 것이 다요."

"그렇다면 철수하는 것이 맞겠군요."

"아마도 그럴 거요. 그런데 왜 그런 표정을 짓는 거요?"

"제 표정이 어때서?"

"평소에 미군 철수를 주장했던 거 아니었소?"

"그건 맞지만, 내가 원하는 건 이게 아니어서 그런 겁니다."

토가와 의장은 미군이 오키나와 독립을 위해 일본 중앙 정부를 막아준 다음 빠져주는 그림을 원했다.

그런데 갑자기 미군이 철수한다는 발표를 해버리니 개인적으론 황당함을 감추기 어려웠다.

"원하는 것이 뭐길래?"

"그냥 개인적인 겁니다. 그보다 현지사님은 지금 사태를 어떻게 생각하십니까?"

"사태? 왜 사태란 표현을 쓰는 거요?"

"그럼 사태가 아니란 말입니까?"

"허허 참! 도대체 뭘 말하고 싶은 거요?"

"제가 조사를 좀 했는데 지금 한국 내 분위기가 어떤지는 아십니까?"

"그런 내가 어찌 알겠소."

"지금 한국에서는 언제 일본을 정벌할지 시기를 논할 정도로 분위기가 무르익어 가고 있습니다."

"저… 정벌?"

한일 관계가 극으로 치닫는 건 정치인이라면 누구나 아는 사실이다.

그런데 전쟁은 또 다른 문제였다.

"그렇습니다. 군사력에서 이미 자위대를 능가했고, 당

장 나선다 해도 일본은 상대가 안 된다는 거죠."

"허풍일 뿐이오."

"오키나와에서 미군이 철수하는 이유가 한국에서 받는 군사 기술 때문이라던데 현지사님은 현실을 직시하기는 하는 겁니까?"

"왜 나한테 이런 말을 하는지 모르겠소."

"이제 배를 갈아탈 때가 됐다는 사실을 말씀드리는 겁니다."

"그, 그게 무슨 말이오."

"제가 알기로 현지사님 가문은 대대로 오키나와 출신이라고 하던데 맞습니까?"

"그렇소만."

토가와 의장이 현지사를 찾아온 결정적 이유가 바로 이거였다.

그는 중앙 정치로 진출을 원하고 있지만, 지역적인 한계를 벗어나지 못하는 정치인이었던 것이다.

그래서 비주류라는 것이다.

"오키나와가 독립할 때가 되었다는 겁니다."

"도… 독립?"

"그렇습니다. 뿐만 아니라 우리는 코리아 연방에 편입되어야 합니다."

"무슨 말도 안 되는 말을 하는 것이오."

"안 된다고만 할 것이 아니라 생각해보란 말입니다. 독

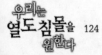

립 후에 코리아 연방에 편입하게 되면 강력한 군사력을
보유한 한국의 보호를 받을 뿐만 아니라 현지사님은 오
키나와 총리가 되는 것입니다."

"초… 총리?"

도대체 몇 번을 놀라는 것일까.

하지만 토가와 의장이 하는 말은 그만큼 충격적이었
다.

그런데 야마오카는 총리란 말에 솔깃하기도 했다.

"그렇습니다. 오키나와 살림이 갈수록 나빠지는데 중
앙 정부에서는 신경도 쓰지 않고 미군이 패악을 부려도
참으라고만 했습니다. 그런데 한국을 보십시오. 강력해
진 군사력을 바탕으로 일본에서 미군을 걷어내고 있잖
습니까?"

토가와는 도대체 어디까지 알고 있는 걸까?

갑자기 야마오카를 찾아와 이러는 이유는 정녕 무엇일
까?

그의 배후에 누가 있는 것은 아닐까?

지금 야마오카 머릿속에는 오만가지 생각이 뒤엉키고
있었다.

"그렇다고 독립을 주장하다니 그게 말이 된다고 생각
하시오?"

"말이 안 될 것은 또 무엇입니까?"

"당장 돌아가시오. 지금 이럴 때가 아니오."

"오늘 미군 사령관을 만난다죠?"

"그건 또 어떻게 안 거요?"

"사실은 제가 초청을 받아 한국에 다녀왔는데 거기서 WT그룹 강백호 대표를 만났습니다."

토가와는 놀라운 사실을 털어놓았다.

또다시 머릿속이 복잡해지면서 누군가 엉망진창으로 헤집어 놓은 것 같은 기분이 들었다.

"……."

"많이 놀라신 거 같은데 전 사실을 말하는 겁니다."

"그 사람이 왜 당신을 초청했다는 겁니까?"

"오키나와 독립을 위해서입니다. 이건 우리끼리만 있으나 드리는 말씀입니다만 미군 철수도 강백호 대표 뜻이라고 합니다."

"그. 그걸 믿으란 거요?"

"틀림없는 사실입니다."

"맙소사!"

믿기 어려운데도 토가와는 확신의 눈빛을 하고 있었다.

"강백호 대표는 오키나와에 100억 달러가 넘는 투자를 약속했습니다."

"미친… 100억 달러라니… 그게 정말이오?"

상상을 초월하는 거액이라 야마오카 현지사도 혹하지 않을 수 없었다.

눈빛이 흔들리는 걸 확인했는지 토가와는 연이어 쏟아 냈다.

"서류에 서명한 것은 아니지만 강백호 대표가 약속했습니다. 그래서 말인데 강 대표를 만나보시죠."

"내, 내가 말이오?"

"기다리고 계십니다."

"나를 말입니까?"

순간 야마오카 현지사 말투가 바뀌었다.

"언제든 좋으니 서울에서 만나자고 했습니다."

"도대체 무슨 일이 일어나고 있는 겁니까?"

"한국에서는 이미 공공연한 비밀인데 머지않아 일본과 전쟁이 벌어질 거라고 하더군요."

"아까 말한 정벌을 말하는 겁니까?"

"그렇습니다. 최근 한국의 행보를 되짚어 보면 쉽게 유추할 수 있을 겁니다. 모든 국제 협약에서 일본과 중국을 제외하고 있으니까요. 참고로 지금 우리가 하는 대화도 듣고 계십니다."

"……."

지금까지 받은 충격보다 더 큰 충격이 야마오카를 스치고 지나갔다.

털이란 털은 모두 곤두선 느낌이다.

"미리 밝히지 못해서 미안합니다."

"서울에 있다면서 우리 대화를 듣고 있다는 겁니까?"

"이렇게 말하면 알아들을 거라고 하던데 말입니다."

"무슨?"

"언제든 마음만 먹으면 동북아시아 하늘에 떠 있는 인공위성 전부를 장악할 수 있다고 말입니다."

"난 무슨 말인지 모르겠습니다만……."

"한반도 상공에 있던 일본 국적의 인공위성은 이미 제거가 되었고, 일본 상공에 있는 인공위성도 언제든 제거가 가능하다는 겁니다. 말이 좀 센 듯한데 우리 대화를 들을 수 있는 방법도 인공위성을 컨트롤해서 가능하다고 했습니다."

"……."

"다시 말해서 이미 모든 분야에서 일본을 앞질렀다는 뜻입니다."

토가와 의장이 너무 자신 있게 말하니까 야마오카 현지사는 어리둥절하면서도 자기도 모르게 하늘을 올려다보았다.

그래봤자 집무실 천장만 보이는데도 말이다.

"어찌 이런 일이……."

"이미 우리 독립연맹은 자금 지원도 받았습니다."

"얼마나 받았길래 그러십니까?"

"1차로 1억 달러를 받았고, 성과를 보이면 추가로 5억 달러를 지원하겠다고 하더군요."

콜록콜록!

뭘 마시지도 않았는데 사레가 들었다.

"저… 정말입니까?"

"물론입니다. 그러니 현지사님도 우리 연맹과 함께하시는 것이 어떻겠습니까?"

"하지만…….'"

"당장 대답하라는 건 아닙니다."

"그럼?"

"일주일 뒤에 다시 연락드리죠."

"그, 그럽시다."

다리가 후들후들 떨린 야마오카는 아무 데도 갈 수 없어서 미군 사령관 만나는 일도 취소하고 비서관이 계획했던 시위도 원천 봉쇄했다.

* * *

토가와 의장에게 오키나와 독립이란 씨앗을 심은 나는 쓰시마 시 시장을 찾아갔다.

"무라타 시장님?"

"누구신가?"

"한국에서 온 강백호라고 합니다. 잠시 시간 좀 내주실 수 있겠습니까?"

내 이름을 밝혔는데도 모르는 눈치다.

하긴 이름을 드러내놓고 활동하는 건 아니라서 어쩌면

모르는 것이 당연했다.

'한국 소식엔 젬병인가?'

관심 없으면 모르는 건 당연한 거다.

"날 만나고 싶으면 정식으로 약속을 잡아서 오시오."

한국인이라고 해서 그런지 모르겠는데 꽤나 쌀쌀맞게 굴었다.

내가 알기론 한국 관광객 덕분에 먹고 산다고 하던데 이렇게 배척해서 어쩌자는 건지 모르겠다.

"한국인을 싫어하십니까?"

"좋아할 이유도 없잖소."

"그래서 관광객이 돌아오겠습니까?"

"그건 내가 알아서 할 일이라 당신이 참견할 일이 아니오."

지금 태도로 봐서는 설득이 가능할지 모르겠다.

일본을 정벌한 다음에 차지해야 할 영토 중 대마도는 필수다. 그래서 무라타 시장을 회유해야 하는데 최근 한일 관계 영향을 받았는지 찬바람이 쌩쌩이다.

"제가 대마도에 투자해도 말입니까?"

"투자?"

"그렇습니다. 최소 10억 달러 이상 투자할 계획을 가지고 있는데 그래도 그냥 돌아갈까요?"

"당신이 누군데 10억 달러를 투자하겠다는 겁니까?"

"WT그룹 강백호 대표입니다."

"WT그룹이라면… 아! 아테나급 구축함을 만들어낸 그 대기업 말입니까?"

"잘 알고 계시네요."

다른 건 몰라도 아테나급 구축함에 대한 건 아는 모양이다.

그래도 일단 관심 끄는 것에는 성공한 듯했다.

"따라오시오."

성큼성큼 걸어가더니 뒤도 돌아보지 않고 시청 안으로 들어가길래 몇 미터 간격을 두고 나도 따라 들어갔다.

"차는 뭐로 하시겠소?"

"아무거나 주시죠."

"그럼 녹차로 합시다."

시장은 직접 녹차를 우려서 내 앞에 찻잔을 내려놓았다.

후룩.

"좋군."

무라타 시장은 녹차를 한 모금 마시더니 만족스러운 표정을 지었다.

후룩.

"좋군요."

"고맙소. 그래 투자는 핑계인 것 같으니 무슨 일인지 말해 보시오."

"투자하겠다는 말은 진심입니다."

"한국인이라면서 쓰시마에 10억 달러를 투자하겠다는 걸 믿으란 거요?"

"시기상의 문제는 있겠으나 머지않아 투자하게 될 겁니다. WT그룹에서 제 말은 절대 가볍지 않습니다. 그러니 한번 믿어 보시죠."

"그 시기를 언제로 보고 있는 겁니까?"

"전쟁 이후 대마도가 한국 땅이 된 뒤가 될 겁니다."

"뭐요?"

"곧, 전쟁이 일어날 거란 뜻입니다."

전쟁이란 말에 꽤나 심각한 표정으로 변했다.

조금 전까지 근엄했다면 지금은 걱정이 한가득이다.

"그러니까 한국이 일본을 상대로 선전포고라도 한다는 겁니까?"

"결과적으로 그렇게 될 겁니다. 압박에 못 이겨 일본이 먼저 한국을 공격할 수도 있고."

"한국이 왜 전쟁을 일으킨단 말이오?"

"몰라서 그러십니까?"

"내가 뭘 모른단 거요?"

"일본이 과거 한국에 어떤 일을 했는지 모른다고 하진 않겠죠."

"그러니까 식민지였던 과거를 보상받고자 전쟁을 일으킨다는 겁니까?"

"보상이 아니라 과거사에 대해 사과하지 않는 일본에

대한 복수이자 응징이죠. 일본은 조선을 침탈했는데 한
국은 하지 말란 법 없잖습니까."

 자기네는 되고 남은 안 된다고 하는 건 전형적인 내로
남불이다. 일본이 원체 그런 일에 능하긴 하지만 무라타
시장은 그런 억지를 부리는 인물은 아니었다. 내가 그를
찾아온 것도 어느 정도는 가능성이 있다고 생각해서니
까 두고 볼 일이다.

"그렇다고 공존의 시대에 전쟁이라니……."

"지금이라도 과거사를 사과하고 독도 영유권 주장을
철회한다면 시장님 말씀대로 공존의 시대로 나아갈 수
도 있는 일입니다."

 끄응.

"그, 그건……."

 무라타 시장도 아는 거다.

 모리 총리가 절대 사과할 인물이 아니라는 걸 말이다.

 심지어 봄을 맞아 야스쿠니 신사에 참배하겠다고 발표
해서 동북아시아 3국의 눈총을 받고 있었다.

"한국은 곧 통일될 겁니다. 대마도 역시 함께하는 것은
어떻겠습니까?"

"지… 지금 날 회유해서 대마도를 한국 영토로 복속시
키려는 겁니까?"

"대마도는 역사적으로 한국 땅이었습니다만."

"그건 억지요. 일본 땅이 된 지 100년도 넘었는데 지금

에 와서 그런 주장이 먹힐 리가 없잖습니까."

"큭큭."

"왜 웃는 겁니까?"

"웃음이 나는 걸 어쩔 수 없군요. 생각해보세요. 일본이 독도를 자기네 땅이라고 우기는 것이 억지 아닙니까? 대마도가 조선 땅이었다는 역사적 증거는 차고도 넘칩니다. 하지만 그게 중요하다는 것은 아닙니다. 어디까지나 현실을 살아가는 우리에겐 지금이 어떠냐가 중요한 거니까. 그리고 현재 군사력을 비교해 봐도 일본은 더 이상 한국의 상대가 되질 않습니다."

"자위대를 무시하지 마시오."

"무시가 아니라 현실을 직시하라는 겁니다. 정 뭣하면 대마도를 공격하는 척할 테니 항복을 하세요. 대마도를 특별자치도로 만들어 시장님께 맡기겠습니다. 이후 10억 달러를 단계별로 투자해서 대마도를 변화시키겠습니다."

무라타 시장 혼자 감당하기엔 너무 엄청난 일이다.

그런데도 자기만 결정하면 다 될 것처럼 말하는 사람이 있으니 모든 것이 혼란스럽기만 했다.

"당최 정신을 차릴 수가 없군."

"당장 뭘 어쩌라는 거 아닙니다. 아직 시간이 있으니까."

"정말 당신한테 그럴 힘이 있는 거요?"

"일주일 드리겠습니다. 그 안에 저에 대해 알아보고 결정하시면 됩니다."

"고작 일주일?"

"더는 곤란합니다. 참고로 반대한다면 대마도에서 물러나세요. 민간인이 다치길 바라진 않지만, 저항을 결정한다면 한동안이겠지만 대마도는 무인도가 될 겁니다."

"무, 무인도?"

"참고로 오키나와도 한국에 귀속될 겁니다. 그 외에도 다수의 영토가 한국 땅이 되겠지만 자의적인 결정과 전쟁 이후에는 사정이 많이 다를 겁니다."

"설마 오키나와 현지사를 만난 겁니까?"

"그쪽은 제가 아니라 다른 분이 만나셨습니다."

굳이 숨길 이유가 없다.

무라타 시장이 모리 총리를 찾아가 털어놓는다 해도 모리 총리는 믿지 않을 것이다.

뭐, 믿어도 상관없지만 말이다.

"그쪽은 어떤 결정을 내렸습니까?"

"하루 일찍 만났을 뿐입니다. 어떤 결정을 내렸는지는 나중에 알려드리죠."

"갑자기 찾아와서 이러면 나더러 어쩌란 겁니까?"

"현명한 선택을 바랄 뿐입니다. 그리고 가급적 말이 새어나가지 않았으면 좋겠군요."

"알겠습니다."

무라타 시장에게 전화번호가 적힌 명함을 주고 나는 서울로 돌아왔다.

* * *

일주일은 빨리 지나갔다.

―토가와 의장입니다.

"시간이 참 빠르군요. 현지사는 만나보셨습니까?"

본래 약속한 시간은 어제였는데 토가와 의장도 고민이 되는지 하루 뒤에 내게 전화했다. 급하게 굴 일은 아니라서 그가 연락할 때까지 기다려줄 생각이었는데 다행히 너무 늦지 않아서 다행이란 생각도 없진 않았다.

―네. 어제 만나러 갔는데 절 피하더군요. 그래서 오늘 아침에 다시 갔는데 다른 일정으로 외출했다고 하더군요.

"의장님 제안을 거부하는 것으로 받아들여도 되겠습니까?"

―현지사 입장도 이해 못 할 정도는 아닙니다. 조금만 더 시간을 주시겠습니까?

"일주일이면 되겠습니까?"

―감사합니다.

"다만 경고는 해야겠습니다."

―어떤 경고를 말씀하시는 건지…….

"두고 보면 알게 될 겁니다. 아, 사람이 다치거나 하는 일은 아니니까 걱정 마세요."

―알겠습니다.

아직은 군사 행동에 나설 상황은 아니다.

그러나 받아들이기에 따라선 충분히 군사 행동이라고 여길 수도 있는 상황을 만들었다.

나는 고진태 장군을 설득했고, 고진태 장군은 대통령을 설득해서 제해권이 어디에 있는지 확실하게 보여주기로 했다.

야마오카 현지사를 놀라게 해줄 방법으로 선택한 것은 아테나급 구축함을 포함한 제 7기동전단을 오키나와 나하시 근해로 보낸 것이다.

국제법이란 것이 있으니 일본 영해를 침범하지는 않기로 했고, 존재감만큼은 확실하게 보여주기로 했다.

한국 해군에서 가장 강력한 전력을 보유한 제 7기동전단은 빠르지도 느리지도 않은 속도로 오키나와를 향해 남하했다.

아테나급 구축함은 스텔스 전함이지만 전단에 포함된 구축함과 호위함은 완벽한 스텔스가 아니고 전단을 이루어 남하하고 있어서 모르려야 모를 수가 없었다.

"하토야마! 어서 들어와 봐."

"무슨 일 있습니까?"

"조금 전에 관방장관에게 전화가 왔는데 한국 해군 7기 동전단이 나하시 방면으로 남하 중이라는 거야."

"한국 해군이 이쪽으로 온단 말입니까?"

"그래."

"그 일 때문일까요?"

"젠장, 날 압박하려는 것이 분명해."

"관방장관이 뭐라고 하던가요?"

"별말 없었어. 그냥 경거망동하지 말라는 정도야."

모리 총리는 잠수함을 보내 감시만 하고 공격하지 말라는 지시를 내려놓았고, 야마오카 현지사에겐 적대적 행위를 하지 말라고만 했다.

"아무리 그래도 호위대 정도는 보내줘야 하는 거 아닙니까?"

"나한테 보고할 일은 아니니 알아서 하겠지."

"어쩌실 겁니까?"

"미치겠군."

벌컥!

"현지사님! 큰일 났습니다."

"무슨 일인데 그래?"

"공항에 전기가 모조리 나갔다고 합니다."

"뭐?"

한 시간 전에 이미 공항이 마비되었는데 연락 수단이 모조리 망가져서 이제야 보고가 된 것이다.

"공항은 물론이고 여객기를 포함해서 관제탑까지 모조리 망가졌다는 보고입니다."

"그, 그러면?"

"짐작하신 대로 EMP 공격이 아닐까 예상됩니다."

"그 작자로군. 알았으니 나가봐."

"네?"

"알았으니 나가보라고."

"아, 네. 알겠습니다. 그런데 어떻게 대처할지 지침을 주셔야 하지 않겠습니까?"

"알았으니 일단 나가."

보좌관을 내보내고 나서는 하토야마 비서관과 머리를 맞대었다. 그런다고 뾰족한 수가 나오진 않겠지만 당장 의논할 사람이 비서관밖에 없었다.

"공항에 EMP탄을 쏜 거라면 강백호밖에 없습니다."

그동안 WT그룹과 강백호에 대해서 조사한 결과 이 정도 추리가 가능해진 것이다.

"미치겠군. 어떻게 해야 할까?"

"공항이 마비됐으니 상당히 골치 아프게 됐습니다."

"그건 나도 알고 있으니 대책을 말해보란 말이야."

"…으음. 우선 시간을 벌어야 합니다."

"그래서?"

"100억 달러를 투자하겠다고 했으니 증거를 보여 달라고 하시면 어떻겠습니까?"

"그러다 투자를 감행하면?"

"실제로 투자가 이어진다면 그것을 명분으로 시민을 설득해 보는 것이 어떨까 싶은데 현지사님 생각은 어떠십니까?"

딱히 묘수가 없는 한 하토야마가 내놓은 의견대로 하는 것이 시간도 벌 수 있고, 여차하면 빠져나갈 구멍도 만들어낼 수 있을 것 같았다.

"좋아. 그렇게 하지."

"그럼 제가 토가와 의장에게 연락하겠습니다."

"맞다. 그쪽은 자금 지원을 받는다고 했었는데 그건 확인해봤나?"

"네. 돈이 들어온 건 맞습니다."

"알았으니 연락해서 만나자고 하게."

"알겠습니다."

야마오카 현지사는 토가와 의장에게 받은 제안에 대해선 중앙 정부에 고자질하지 않았다.

한쪽 문을 열어두고서 시간을 벌고자 했는데 뜻하지 않게 한국 해군 기동 전단이 남하한다고 하더니 기어이 공항이 마비되는 사건까지 벌어지고 말았다.

오키나와는 관광으로 먹고사는 지역이다.

공항이 마비되면 그만큼 지역 경제가 얼어붙는다는 것을 의미한다.

어떤 이유로 공항이 마비되었든 간에 주민들은 자신에

140

게 책임을 전가할 것이 뻔해서 가슴이 묵직하고 답답해
지기 시작했다.

* * *

"어? 당신은?"
"절 알아보시네요."
"당신이 어떻게?"
토가와를 만나려고 연락했는데 내가 나타나자 야마오
카 현지사는 심하게 당황했다.
"토가와 의장님께 양해를 구했습니다."
"이왕 왔으니 앉읍시다."
"그러죠."
당황은 했어도 정신줄을 놓지는 않았다.
녹차를 내오더니 차 맛을 음미하기까지 했는데 내가 볼
때는 허세로 보일 뿐이라 이 사람하고 같이 가도 될까?
하는 생각이 들었다.
참고로 대마도 무라타 시장은 내 제안을 받아들였고,
제대로 된 명분을 챙길 수 있도록 도와달라고 했다. 그래
서 언론을 통해 대마도는 역사적으로 한국 땅이니 반환
하라는 성명을 발표했다. 대통령을 설득하느라 꽤 애먹
었는데 지지율이 높아질 거라고 했더니 어렵사리 동의
해주었다. 그러느라 야마오카를 만나러 오는 길이 꽤나

험난했었다.

"한번은 올 거라고 생각했는데 그게 오늘일 줄은 몰랐소."

"생각할 시간은 충분했던 것 같은데 결론은 내리셨습니까?"

"생각은 둘째 치고 기동 전단이나 돌려놓으시오."

"제 7기동전단은 훈련하는 거니까 신경 쓰지 마십시오."

"내가 신경 안 쓰게 생겼소?"

"한 가지만 알려드리죠."

"뭘 말이오."

"제가 꼭 그렇게 공명정대하게 일 처리하는 편은 아니라는 겁니다. 저도 국익을 위해선 미국처럼 깡패 짓도 서슴없이 할 수 있다는 뜻입니다."

다분히 협박으로 들릴 수 있는 말이다.

야마오카 현지사는 자기도 모르게 두 손으로 얼굴을 쓸어내렸다. 긴장할 때 나오는 습관인데 손도 땀으로 축축했다.

"도대체 나더러 뭘 어쩌라는 거요?"

"결정만 내리시면 됩니다. 현지사라면 그럴 만한 위치에 있는 거 아닙니까?"

"미군도 철수하는 마당에 중앙 정부가 우릴 찍어 누르면 어찌할 방법도 없는데 독립을 주장해봤자 아니겠소."

"현지사님이 결단만 내리면 우리 한국군이 주둔하게 될 겁니다. 그렇다고 미군처럼 큰 규모는 아니고 방어에 충분할 정도입니다."

"그걸 지금 말이라고 하는 거요?"

텅!

주먹에 힘이 들어간 야마오카는 분을 못 참겠는지 티 테이블을 내리쳤다.

"정치적인 결단을 내리라는 겁니다. 아니라면 안 된다 고 말씀하세요. 그럼, 그렇게 알고 돌아가겠습니다."

"공항을 마비시켜 놓은 것도 당신이오?"

"부인하진 않겠습니다."

"당장 돌려놓으시오."

"그건 제 제안을 거절하는 것으로 받아들여도 되겠습 니까?"

"당연히 거절하겠소. 난 일본인이오."

당당하게 말하는 것 같아도 부르르 떨고 있었다.

"오키나와는 사쓰마번에 복속하기 전에 대대로 한국과 사이가 좋았었습니다. 복속 이전에도 그 이후에도 착취 만 당하고 살았는데 뭐가 그리 좋다고 충성을 다하는 겁 니까?"

야마오카는 혼란스러웠다.

자신이 일본으로부터 독립하겠다고 한다면 오키나와 는 찬성파와 반대파로 나누어져서 폭동이 일어날지도 모른다.

 자체적으로 폭동을 막아낼 충분한 병력을 소유하지 못해서 이러나저러나 두려웠다.

 그러나 내 눈에는 우유부단한 겁쟁이로밖에 보이지 않았다.

 "언제인지도 모를 케케묵은 일로 설득하려고 하지 마시오. 난 일본에서 태어난 일본인이오."

 "누가 아니랍니까?"

 "난 분명히 안 된다고 말했으니 그만 돌아가시오."

 "그게 현지사님 선택이라면 받아들이죠. 하지만 이제부턴 힘겨운 싸움이 시작될 겁니다."

 "도대체 뭘 어쩌려고?"

 "어쩌긴요. 현지사님을 물러나게 만들어야죠."

 "뭐요?"

 "내일 아침 신문에 한국의 WT그룹이 여러 분야에 100억 달러를 투자하려고 했는데 현지사의 반대로 무산됐다는 기사가 나갈 겁니다."

 아직은 명분을 만들어야 하고 당장 전쟁할 건 아니라서 여론전이 먼저였다.

 그래서 야마오카 현지사를 그 자리에서 끌어내릴 생각이다.

 "그럼 나도 당신이 날 협박했다고 하면 반박하면 그만이오."

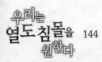

"글쎄요. 과연 그게 될지 모르겠군요."

오키나와 나하시는 본토와 거리가 상당하다.

인터넷이 연결된 시대긴 해도 아직은 집집마다 컴퓨터가 있는 시기는 아니라 지역 신문사가 여론을 만들어낸다 해도 과언은 아니다. 그리고 난 이미 언론과 한바탕 전쟁을 치른 경험이 있어서 이 정도는 아무것도 아니었다.

"매수라도 했다는 거요?"

"매수가 아니라 거액의 광고를 실기로 했을 뿐입니다. 신문에 광고 싣는 것이 불법은 아니잖습니까?"

"미친……."

"더 이상 말장난은 그만하죠. 결정을 내리셨으니 전 이만 돌아가겠습니다만, 현지사님이 어떻게 저항할지 기대되는군요."

* * *

오키나와에도 유력 언론이 있고 3류 찌라시 같은 신문사가 있는데 그나마 규모가 있다고 생각되는 신문사는 현지사가 하는 말을 믿어주지 않았다.

WT그룹이 대규모로 투자를 하겠다는데 왜 반대를 했냐면서 현지사를 비판하는 기사들이 쏟아졌다. 그것도 그냥 기사가 아니라 대부분 관광업으로 먹고사는 지역 경제를 위해 WT그룹이 리조트를 개발하고 대형 워터파크를 포함한 세계 최대 놀이공원을 건설할 계획이었다고 했더니 그걸 왜 반대했냐면서 시위가 벌어지기 시작했다.

100억 달러가 투자되면 미비했던 관광 상품이 확실히 자리매김할 것이고 지역 경제가 나아질 것이 뻔한데 그것을 반대했다고 하니 지역 상인연합이 거세게 들고 일어났다.

관광업은 기본적으로 많은 사람이 찾아와야 한다.

세계 최대 놀이공원이 들어선다면 얼마나 많은 사람들이 찾아오겠는가?

이게 사실이든 거짓이든 야마오카 현지사는 위기에 봉착했다.

"지역상인 연합회장 우에하라입니다."

"당장 시위대 해산하세요."

"지금 그럴 분위기가 아닙니다. 모르시겠어요?"

"뭘 말입니까?"

"해마다 인구가 줄고 수입도 떨어지는데 도대체 왜 투자를 마다한 겁니까? 100억 달러면 오키나와로 몰려드는 사람이 3배는 늘어날 겁니다."

"여러분이 속고 있는 겁니다. WT그룹은 절대 그럴 기업이 아닙니다."

"현지사가 반대하니 당연히 못하는 거겠죠. 도대체 왜

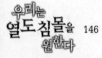

반대하는 겁니까? 설마 WT그룹이 한국 기업이라고 그러시는 겁니까?"

"그것도 있지만 전 강백호 대표를 믿지 않습니다. 나더러 오키나와를 독립시키라고 한 괴짜입니다."

야마오카 현지사도 지지 않고 반박했다.

하지만 어떤 소리를 하더라도 상인회장인 우에하라를 설득시킬 순 없었다.

"괴짜니까 오키나와에 100억 달러를 투자할 수 있는 겁니다. 그 돈이면 오키나와가 어디에 속해 있든 중요하지 않다고 생각합니다. 그리고 WT그룹은 한국 기업이 아니라 미국 기업입니다."

"뭐요?"

"아니 현지사가 돼서 그것도 모르고 거절한 겁니까?"

야마오카는 정말 몰랐다.

한국에 속하라고 하면서 어쩌고저쩌고하는데 어떻게 미국 기업이라고 생각했겠는가?

"아무튼 안 됩니다. 100억 달러를 미끼로 오키나와를 차지하려는 야욕을 부리는 겁니다."

"그 돈이면 누구든 오키나와를 차지해도 그만 아닙니까?"

"이거 봐요, 나라가 있으니 국민이 있는 겁니다."

"오키나와는 신경도 쓰지 않는데 우리에겐 있으나 마나 한 중앙 정부 아닙니까?"

상인들에게도 이미 신망을 잃은 중앙 정부다. 잃어버린 10년이니 뭐니 하는 상황에서 100억 달러란 돈은 상인들에게도 뭔가 달라질 수 있다는 희망을 주기에 충분한 거액이다. 여차하면 장사를 접고 취직할 수 있는 일자리가 만들어지는 일이라 더 포기할 수가 없는 거다.

"아무리 그래도 우린 자위대를 당해낼 수 없습니다."

"WT그룹이 아테나급 구축함을 만들어서 미국에도 판매했는데 도대체 뭐가 두렵다는 겁니까?"

"그걸 어떻게?"

"누굴 바보로 아는 겁니까? 신문만 봐도 알 수 있는 사실을 가지고 어떻게 알았냐고 하다니 말입니다."

끄응!

우에하라가 알아본 것도 있지만 WT그룹에 대한 자료가 얼마 전에 도착해서는 자세한 내용을 알게 되었다.

"아 글쎄, 전 힘이 없다니까요. 정 그러면 도쿄에 가서 각하를 만나세요."

"됐고. 우리 지역 상인연합은 오키나와 독립연맹을 지지합니다."

현지사 입장에서 우에하라 회장이 하는 주장은 폭탄 발언이나 마찬가지였다.

"지금 폭동을 일으키겠다는 겁니까?"

"내가 언제 그랬습니까?"

"독립연맹을 지지하겠다는 말이 그 말이잖소."

"억지 부리지 말고 순리대로 갑시다."

"당신이야말로 억지 부리지 말고 그만 돌아가서 장사나 하세요."

"정 그렇게 나오겠다면 어디 두고 봅시다."

야마오카의 우유부단한 성격 탓에 결정을 내리지 못하는 사이 오키나와 독립연맹을 지지하는 세력이 점점 늘어났다.

상인연합이 오키나와 독립연맹을 지지한다는 정보를 입수한 나는 WT그룹을 내세워 나하 공항 복구비용을 전액 지원하겠다고 발표했다.

병 주고 약 주는 셈이지만 주민들은 그걸 모르니 홍보 효과가 대단했는데 내가 발표했어도 전면에 나서서 일을 진행한 주체는 WT그룹과 오키나와 독립연맹이었다.

토가와 의장에 대한 유명세가 늘어날수록 초조해지는 사람은 야마오카 현지사였다. 이대로 가다간 독립이고 뭐고 간에 차기 선거에 토가와가 나온다면 밀려날 판이다.

우리는
열도 침몰을
원한다

7광구 개발

　대마도와 오키나와에 여론몰이를 통해 일본 중앙 정부
와 사이가 멀어지도록 작전을 펼친 후에는 서울로 돌아
와 비서실장을 만났다.
　그 자리에서 7광구에 대한 주제를 꺼냈는데 박기동 비
서실장은 의아해했다.
　"스마트 원자로가 보급이 코앞이고 인공태양 프로젝트
까지 추진하는 마당에 굳이 7광구를 개발할 필요가 있겠
습니까?"
　"그렇다고 원유가 필요 없는 것은 아니니 7광구를 개발
해서 자체 조달하자는 겁니다."

"…으음. 7광구를 개발해야 할 정도로 원유 비축이 필요한 겁니까?"

WT에서 발표하는 기술 중에는 상상하기 힘든 기술들이 많으니 혹시나 향후 일정에 원유가 대량으로 필요한 프로젝트가 있냐고 물어보는 거였다.

"꼭 그런 건 아니지만 7광구를 개발할 필요성은 충분하다고 생각합니다."

"하지만 7광구를 개발하자면 국제법상 일본과 협의를 해야 합니다만……."

"우리가 일본 눈치 볼 시기는 지났다고 봅니다. 제해권도 우리가 확보한 상태고 얼마 지나지 않아 제공권도 완전히 우리 손에 들어올 겁니다."

"벌써요?"

KFX 사업을 시작한 지 얼마 되지 않아서 박기동 비서실장이 놀라는 것도 이해는 된다.

심지어 KFX 사업이 시작됐는지조차 모르는 사람도 많았다.

"솔개 제작이 시작됐고, 드론 부대까지 창설한 마당에 제가 괜한 소리나 하겠습니까?"

"그건 아니지만……."

비서실장은 무기를 개발하고 실전배치까지는 거쳐야 할 단계가 많기에 상식적인 선에서 생각하다 보니 아직 한참 멀었다고 생각하는 거다.

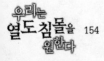

"다른 걸 떠나서 7광구 개발은 필수적으로 해야 하는 일입니다. 무엇보다 7광구를 개발하고 바다 영토를 넓혀야 우리가 제해권을 확보한 보람이 있지 않겠습니까?"

영토 확장이란 말을 하고 싶었으나 내 입장에서 청와대 비서실장에게 할 소리는 아닌 듯해서 참았다.

"정유사를 보유한 대기업들이 입지가 좁아질까 봐 난리들인데 7광구를 개발하겠다고 하면 좋아들 하겠군요."

"일단 개발해두면 우리가 아니더라도 사용할 데가 많을 겁니다. 그래도 반대하면 어쩔 수 없지만요."

"국제 관계를 생각해서 사업을 유보할 수 있다는 것도 생각은 해주셨으면 합니다."

"정 안 되면 사업권을 매각하는 것도 방법이 될 겁니다. 저희야 한국 정부나 일본 정부 눈치 볼 필요 없는 기업이니까요."

"…으음. 대통령님께 보고 드리고 의논해보겠습니다."

"기다리죠."

10년의 준비 끝에 드디어 일본을 정벌하기 위한 준비가 마무리되어 간다.

10년의 시간 동안 내가 느낀 것은 완벽한 때라는 건 없다는 것이다.

그래서 목표를 정해 두고 매진한 결과 아테나급 구축함을 만들어냈고, 이제 6세대로 불릴 수 있는 유무인 복합 드론 솔개까지 만들어서 공군이 다양하게 테스트 중이다.

그렇다고 재래식 무기에 소홀한 것도 아니다.

다양한 목적의 미사일과 3세대 전차와 전투 차량 등은 이미 시제품이 나와서 여러 부대가 다양한 데이터를 얻어내기 위해서 시험 운용 중이다.

수리가 설계하고 우리가 만들어낸 첨단 무기들은 완벽하지만 완벽하지 못한 사람들에겐 적응 기간이 필요하기에 그 과정을 거치고 있는 거였다.

*　　*　　*

"헉, 헉… 젠장! 이렇게 힘들 줄 알았으면 절대 지원 안 했어."

"에이~ 엄살 그만 피우시지 말입니다."

"이게 엄살 같냐?"

대테러부대 창설을 위해 전군을 대상으로 지원을 받았고, 박호진 상사와 고주찬 중사도 지원해서 막바지 훈련을 받고 있었다.

30명 선발한다는데 무려 350명이 지원해서 40일 넘게 훈련받았고, 이제 훈련 마감까지 5일 남았다.

그리고 혹독한 훈련에도 포기하지 않고 끝까지 버티고 있는 훈련생 숫자는 41명이다.

어떻게 보면 떨어져 나갈 사람은 이미 다 떨어져 나갔다고 보는 것이 맞는 거다.

"훈련 성과 1위를 달리시는 분이 할 말은 아니지 말입니다."

"그거 정말이냐?"

"제가 확실하게 봤지 말입니다."

"쓰벌! 특수부대 다 얼어 죽은 거 아니냐? 내가 1위를 다하고 말이다."

"아무튼 이제 5일만 버티면 됩니다."

"30명 뽑는다는데 아직 41명이나 남았어. 뭐 들은 거 없냐?"

"제가 들은 건 남은 숫자에 상관없이 45일 동안 훈련받는다는 거였습니다."

45일은 다 돼 가는데 선발하겠다는 숫자보다 많으니 걱정이 되는 거다. 약속된 45일까지는 어떻게든 버티겠는데 더 하라고 하면 더할 자신이 없다. 베스트 오브 베스트를 선발한다고 해서 지원했는데 교관들은 확실히 대답해주는 것이 없었다.

"굳이 서른 명 남기겠다고 더 훈련받으라고 하면 어떻게 할래?"

"어떻게든 버텨야죠."

잠깐의 휴식 기간에 두 사람은 남은 5일이 어떨지 가늠하느라 이런저런 대화를 나누었지만, 해답이 있는 건 아니어서 시간만 때우고 말았다.

하지만 다음 날 전날까지 했던 걱정이 괜한 기우였다는 걸 알게 되었다.

검은 베레를 착용한 교관이 단상에 서서 지원자들에게 말했다.

"지금까지 수고들 많았습니다. 남은 5일도 끝까지 노력할 것이라고 믿습니다. 그럼 마지막 훈련주간 시작하겠습니다."

교관은 마지막 훈련주간을 시작하겠다면서 네모난 박스 하나를 가져와서는 안에 있는 공을 하나씩 뽑아내라고 했다.

공에는 1번부터 41번까지 번호가 적혀 있었는데 교관이 하는 말은 놀라웠다.

"여러분은 1번부터 41번까지 번호를 뽑았습니다. 그 번호는 각각 어떤 지역을 뜻하는 숫자이고 여러분은 그 지역으로 옮겨질 겁니다. 남은 5일간의 훈련은 간단합니다. 각자 배정된 지역에서 이 훈련캠프까지 돌아오면 되는데 선착순 30위까지만 통과됩니다."

"……."

"참고로 여러분이 옮겨질 지역은 약간의 차이는 있겠지만 비슷한 거리이고 모두 해외입니다. 기타 필요한 정

158

보와 규칙은 개인에게 나누어질 자료에 있으니 참고하면 됩니다."

지원자들이 옮겨질 장소는 북한을 제외한 해외지역이고 31위부터 41위까지는 탈락이라고 했다.

"질문 있습니까?"

"생명의 위협을 느낄 정도로 위험한 상황에 처하면 어떻게 됩니까?"

"각자에게 주어지는 신호기가 있을 겁니다. 신호기 스위치를 누르면 포기한 것으로 간주하고 도와드립니다."

무일푼에 식량도 없이 해외에 떨어트려 놓는 것이 마지막 주간에 통과해야 할 시험이라는 것이 밝혀지자 지원자들은 모두 경악했다.

특수부대 선발할 때도 생존 훈련을 하는데 최소한 국내에서 하지 해외에 떨궈놓지는 않는다.

훈련을 통해 적합한 대원을 선발하자는 것이지 국제 미아를 만들고자 하는 것은 아니기 때문이다.

그런데 새로운 대테러전 사령부 대원 선발은 상상을 초월하는 과제를 내놓았다.

"지원자들끼리 협력해도 됩니까?"

"각자 동떨어진 지역이라 현실적으로 협력은 불가능합니다만 협력하지 말라는 규칙은 없습니다."

할 테면 하라는 거다.

그런데 각자 동떨어진 지역이고 서로 연락할 방법도 없

을뿐더러, 그렇게 해서는 기한 내에 돌아올 수 없을 것이니 현실적으로 불가능할 거라고 말한 것이다.

"만에 하나 사망하거나 불의의 사고를 당해 장애를 입게 되면 어떻게 됩니까?"

"그런 걱정이 앞선다면 포기하시면 됩니다. 그리고 장애를 입거나 사망할 경우 피해 가족이 만족할 수는 없겠지만 충분한 보상이 이루어질 겁니다."

"구체적으로 알고 싶습니다."

"장애는 단계별로 차이가 있으니 사망 시 1인당 10억이니까 참고하시면 되겠습니다."

군에서는 훈련 중 사망한다고 해도 소액 보상으로 끝나는 것이 정상이다.

그럼에도 10억이나 주겠다는 것은 대테러전 사령부 창설을 주장했던 WT그룹에서 보상해준다는 의미였고 지원자들도 모두 그렇게 생각했다.

"더 질문 없으면 저기 준비된 틀 것에 누워주십시오. 여러분은 각자 위치로 옮겨지는 동안 수면 상태로 있게 될 겁니다. 건강에 지장 없는 약물이니 안심하셔도 됩니다."

결국 어딘지도 모르는 장소에서 깨어난다는 뜻이다.

정신이 들면 그때부터 스스로 정보를 알아내고 방법을 찾아서 한국으로 들어와야 하고 기한 내 훈련캠프에 도착해서 통과해야 하는 거다.

                              *   *   *

　청와대에서는 7광구를 개발하겠다고 발표했다.

　업체 선정을 위한 스텝을 밟기 시작하자 일본에서는 또
난리가 났다.

　국제법 위반을 들먹이면서 자기네가 허락하지 않는다
면 절대로 단독 개발은 불가하다는 것이 그들의 주장이
다.

　하지만 청와대는 깔끔하게 무시했고 모리 총리는 악수
를 두었는데 봄을 맞아 전범들이 합사된 야스쿠니 신사
를 참배하겠다고 으름장을 놓은 것이다.

　등가 교환이 되는 도발인지 모르겠으나 야스쿠니 신사
참배는 한국을 흔들기엔 충분한 카드긴 했다.

　일본 총리가 야스쿠니 신사를 참배한다고 해서 한국 정
치인들이 규탄 성명을 내기는 했어도 그 누구도 실력행
사에 나선 사람은 없었다.

　그래서 욕은 해도 ‘또 저 지랄이구나.’ 하고 마는데 올
해도 그런 일이 벌어진 것이다.

　“저 김재민입니다.”

　─공사다망하신 분이 어쩐 일로 연락을 다 하시고…….

　모리 총리는 고깝다는 듯이 인사를 받았다.

　어쨌든 하하 호호 웃으면서 인사할 사이는 아니어서 이

런 것쯤은 예상했다.

"7광구 개발에 대해서 마지막으로 제안하죠. 공동 개발하시겠습니까?"

—7광구는 우리 수역입니다. 한국이 독단적으로 개발하겠다면 그건 영토 침범이나 다름없다는 걸 아셔야죠.

어차피 수락할 거란 생각은 없었다.

그래도 이렇게 연락해서 기록을 남기는 이유는 최소한의 노력은 했다는 것을 남겨 놓기 위해서였다.

"7광구가 왜 일본 수역입니까? 거기는 본래 우리 한국 수역이었다가 국제법이 바뀌면서 공동 수역이 된 곳입니다. 그래서 공동 개발을 제안하는 것인데 일본이 포기하겠다면 제가 알아서 하겠다는 겁니다."

—포기라뇨. 말이라도 똑바로 합시다. 포기가 아니라 거기는 공동 수역이니 한국도 괜한 개발로 바다를 오염시키지나 말라는 겁니다.

"아, 됐고. 우리 쪽에서는 업체 선정이 되는 대로 시작할 테니까 그쪽은 하든지 말든지 알아서 하세요. 그럼 끊습니다."

—아니 이거 봐요, 이거 보세요.

모리 총리가 소리쳐 봤지만 이미 전화는 끊긴 뒤여서 얼굴이 썩어간다고 할 정도로 인상을 구겼다.

반면 김재민 대통령은 전화를 끊고 나서 씨익 웃었다.

"왜 웃으십니까?"

옥신각신하다가 전화를 끊었는데 김재민이 웃으니 앞에서 대기하던 박기동 비서실장이 이유를 물었다.

"그냥 좋아서."

"네?"

"이거 이러다 버릇되겠어."

"버릇이요?"

"하하하! 우리가 언제부터 큰소리쳤다고 말이야. 일본 총리에게 소리 좀 질렀더니 속이 다 시원해서 하는 말이야."

"아. 전 또 모리 총리가 7광구 개발을 하겠다고 한 줄 알았습니다."

"그건 죽어도 싫대."

김재민은 여전히 미소가 남아 있었다.

그러면서도 속으로는 7광구 개발해도 되겠다는 확신이 섰다.

"그런데 일본이 국제 사법 재판소에 제소를 할 수도 있는데 괜찮겠습니까?"

"박 실장."

"네, 대통령님."

"이미 대세는 기울었어. 지금 MU—7에 들어오거나 회원국과 인연 맺으려고 난리도 아닌 마당에 누가 일본 편을 들어주겠어."

"그렇긴 하지만 걱정은 됩니다."

"걱정은 걱정이고 업체 선정이나 빨리하자고."

"알겠습니다. 대통령님."

*　　*　　*

"여긴 어디지?"

모든 훈련과정을 1위로 통과한 박호진 상사는 교관들이 주사한 약물에 의해 정신을 잃었다가 이제 깨어났다.

훈련이란 걸 알고 있으면서도 낯선 곳에 와 있다는 공포가 상당했다.

"정글인 건가?"

사방이 수풀이고 나무도 꽤나 빽빽한 것이 이국적인 느낌이 물씬 풍기는 정글이다.

해서 동남아 어디쯤으로 판단 내렸다.

일단 그렇게라도 결론을 내리고 움직이려는데 인기척이 느껴졌다.

짜증이 섞인 말인데 뭐라고 하는지 알아들을 수가 없다.

'어?'

조용히 있다가 빠져나가야겠다고 생각하는데 갑자기 한국말이 들려왔다.

"살려주세요. 제발 살려주세요."

"@$@($(*!@@(@."

164

하지만 상대는 알아들을 수 없는 외계어를 남발했다.

동남아 어느 나라 말 같은데 박호진 상사에겐 외계어처럼 들린 것이다.

'납치라도 당한 건가?'

박호진은 순간 갈등했다.

제대로 된 정보가 없는 상황에서 저들을 추적해서 어찌 된 일인지 알아볼 것이냐, 아니면 이대로 빠져나가서 훈련캠프 복귀에 열중하느냐?

'후… 만약, 납치라면?'

말소리가 점점 멀어지고 있었다.

이제 결정을 내려야 하는데 대테러전 사령부 대원 선발에서 떨어질지도 모른다고 생각하니 꽤나 속이 쓰렸다.

그래도 자신은 나랏밥을 먹는 군인이다.

한국인이 위기에 처했다면 이곳이 어디든 구해야 한다는 생각을 굳혔다.

배낭에는 대검 한 자루와 한 끼 식사분이 다라고 했었다.

어차피 혼자서 총을 쏘면서 달려들 수도 없는 일이라 무기에 구애받지 않고 일단 어찌 된 일인지부터 알아내야 했다.

기도비닉을 유지하면서 조심스럽게 접근하는데 머지 않아 사람 실루엣이 보이기 시작했다.

'납치가 맞군.'

여자 둘이 묶여서 어디론가 끌려가고 있었는데 까무잡잡한 피부에 키가 작은 동남아인으로 추정되는 남자 세명이 AK 시리즈로 무장하고 있었다.

한 명은 끌려가면서도 한국말로 살려달라고 하는데 다른 여자는 체념한 듯이 걷기만 했다.

피부색으로 봐서는 한 명은 현지인으로 보였다.

'도대체 어딘데 한국인이 납치돼 가는 걸까? 설마 연출된 상황은 아니겠지?'

대원 선발을 위한 과정에 있다 보니 혹시 이것도 훈련의 일환인지 잠시 헷갈린 것이다.

그러나 상황을 보면 절대 연출 같지는 않았다.

구해야 한다는 생각이 들자 교관을 호출할 수 있는 단말기에 손이 가려고 했다.

저 여자를 구할 수 있을지는 모르겠지만 그동안의 노력이 수포로 돌아가는 것 때문에 망설여지기는 했다.

'그래. 이건 재고 자시고 할 것이 아니야. 일단 구한다.'

박호진 상사는 결심했다.

위험에 처한 민간인을 돕기 위해 대테러전 사령부에 지원했는데 지금 저 여자를 외면한다면 군인이 된 명분이 사라지게 된다.

두 여자를 안전하게 지키면서 총 든 셋을 상대하는 것이 쉬운 일은 아니라서 일단 놈들 아지트가 어딘지 따라가 보기로 했다. 상황을 보고 스위치를 눌러 교관을 호출

할 생각이라 놈들에 대한 정보가 필요해서다.

놈들은 지친 여자들을 다그치면서 3시간을 더 걸었다.

도대체 어디서부터 걸어온 것일까?

조금 더 걸으니 대나무로 얼기설기 엮어서 만든 놈들 아지트가 나타났는데 멀리로는 양귀비 밭이 보였고, 패거리로 보이는 놈들 숫자가 꽤 많았다.

'하필이면 마약 조직이 나타나다니… 최악이군.'

양귀비 밭이 있다는 건 저놈들 전부가 헤로인을 생산하기 위해 정글에 아지트를 만들었다는 거였다.

놈들은 두 여자를 끌고 대나무로 만든 창고 같은 곳으로 들어갔는데 건물 안 상황까지 파악하기는 힘들었다.

어지간하면 혼자서 처리해보겠는데 놈들 숫자도 많고 여자를 구출해서 가려면 교관들 도움이 필요했다.

'어쩔 수 없지.'

꾹!

약간의 미련이 남았지만, 박호진 상사는 결국 호출 단말기 스위치를 눌렀다.

* * *

―백호님. 라오스로 북부로 보낸 23번 박호진 상사가 호출 스위치를 눌렀습니다.

대원들에게 알아서 돌아오라고 말은 했으나 대원들은

이미 드론으로부터 보호 아닌 보호를 받고 있었다.

해서 박호진 상사가 왜 호출 스위치를 눌렀는지도 이미 알고 있었다.

"접근해."

—출발합니다. 백호님.

현재 까막수리 위치는 라오스 중부와 태국 국경이 겹치는 곳이다.

이동하는 동안 워 머신을 장착하고 박호진 상사에게 줄 K2A16을 준비했다.

이건 워 머신을 장착했을 때 기본 무기 중 하나인데, 카트리지 타입으로 레이저를 쏠 수 있고 모드 전환이 되면 역시 카트리지 타입의 전기 충격탄을 쏠 수도 있는 개인 복합 소총이다.

그 외에도 유탄 3발과 스마트탄 10발을 쏠 수 있어서 무게가 제법 많이 나갔다.

워 머신을 장착하고 들면 무게감이 별로지만 맨몸으로 파지하려면 꽤나 무거워서 작전을 펼치기엔 적합하지 않았다.

'이건 너무 무겁겠는데?'

해서 내가 들 복합 소총은 따로 챙기고 박호진 상사에게 줄 무기는 K5A1 권총으로 챙겨서 탄창을 확인했다.

이 권총 탄창엔 전기 충격탄이 카트리지 형태로 장전돼 있었고 10발이 들어 있었다.

여분으로 탄창을 몇 개 더 챙기고 무기고에서 나왔다.

―도착했습니다. 백호님.

"박 상사 위치 표시해줘."

수리에게 명령하자 오토 헬멧에 박 상사 위치가 붉은 점으로 점멸되면서 표시되었다.

해치백이 열리자 나는 기다릴 것도 없이 뛰어내렸다.

쿵!

착, 착, 착.

빠른 속도로 박 상사에게 접근했다.

"누구냐?"

"박호진 상사 호출 신호 받고 도착한 교관입니다."

"그, 그건 뭡니까?"

"이건 워 머신이라고 부르는 외골격 수트입니다."

"그럼?"

"양귀비 밭이 보이는 걸 보고 상황을 파악했습니다. 나랑 둘이 여자들 구출해 봅시다. 이거 받아요."

휙!

척!

권총을 던지자 가볍게 받아냈다.

"일반 권총 같아 보이진 않는데 뭡니까?"

"총알 대신 전기 충격탄이 들어 있습니다. 죽일 놈이란 생각이 들거든, 놈들 총 빼앗아서 사용하세요."

"전 탈락한 겁니까?"

"규칙은 규칙입니다. 하지만 여지는 남겨두죠."

"여지라면 어떤?"

"시한 내에 도착하는 대원이 30명에 모자라게 되면 지금 상황을 반영하겠습니다. 이의 있습니까?"

"아닙니다."

박호진 상사는 내가 누군지도 모르면서 자기 입장보다는 여자를 구출해야 한다는 사실에 집중했다.

"여자분들 감금된 곳은 알고 있습니까?"

"네. 들어간 건물을 봐뒀습니다."

"그럼 제가 가서 휘저을 테니 여자들 구해낸 다음에 여기서 다시 만납시다."

"시간을 정하지 않아도 되겠습니까?"

"박 상사님 움직임은 실시간으로 저에게 보고가 될 겁니다. 그러니까 안전하게 움직이세요. 참고로 착용하고 있는 방탄복과 군복은 어지간한 탄에는 견딜 수 있으니까 지뢰나 RPG만 조심하세요."

"알겠습니다."

"그럼 출발하죠. 제가 출발하고 100까지만 세고 출발하세요."

"그러죠."

양귀비 밭을 지키고 헤로인을 만드는 놈들이라 저항이 만만치 않을 것이다.

숫자는 대략 오십여 명이었고, 여자들 말고 납치된 사

람이 더 있을 가능성도 배제할 순 없다.

척척 걸어가면서 존재감을 숨기지 않았기 때문에 아지트에서 서성거리던 놈들이 금방 나를 발견했고, 앞뒤 잴 것도 없이 냅다 총을 갈기기 시작했다.

투투투투!

드르르륵!

한 놈이 총질을 시작하자 이놈 저놈 모조리 튀어나와서 총을 쏴댔다.

팅팅팅…….

가까운 거리임에도 오조준하는 놈들이 태반이고 더러 총알이 나를 맞추긴 했으나 워 머신 흉갑에 의해 모두 튕겨 나갔다.

퉁!

찌지지직.

드드드득.

한 발 한 발 쏠 때마다 강한 전기 충격이 가해지면서 여지없이 쓰러져서는 덜덜 떨어대는데 불쌍할 정도였다.

그러나 이런 놈들에게 자비는 필요 없다.

하나씩 제압하면서 앞으로 나가자 도저히 안 되겠는지 드디어 RPG가 나타났다.

그러나 날 조준하고 쏠 때까지 시간을 주지 않았다.

유탄으로 모드를 바꾼 다음에 RPG 발사관을 든 놈에게 발사했다.

툭!

꽈아앙!

"끄아아악!"

"으아아악!"

"아… 악마가 나타났다."

총에도 죽지 않고 혼자서 여기저기 돌아다니면서 헤집고 다니니 놈들에겐 내가 악마같이 느껴진 모양이다.

* * *

한편 박호진 상사는 여자들을 구출하기 위해서 재빠르게 안으로 들어갔는데 한 놈이 잔뜩 긴장한 채로 방아쇠를 당기려고 해서 먼저 전기 충격탄을 쐈다.

툭!

찌지지직!

"헐, 이거 죽이는데?"

한쪽에 덜덜 떨고 있는 여자들이 보였다.

"하… 한국 사람이세요?"

"네. 우연히 발견해서 구하러 왔습니다. 사정은 나중에 설명하고 빨리 나가야 합니다."

"같이 가도 되는 거죠?"

"물론입니다."

여자는 같이 잡혀 온 여자 손을 잡고 같이 일어섰다.

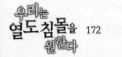

나중에 사정을 들어보니 루앙프라방이란 지역으로 의료 봉사를 왔다가 총을 남자들이 습격해서는 다른 의료진들은 모두 죽이고 자기랑 한국말을 할 줄 아는 현지인을 끌고 왔다는 거다.

이름이 김민지라고 했는데 이 의사를 납치한 이유는 정글 아지트에서 헤로인을 제조하는 책임자가 다리를 많이 다쳐서 외과 수술이 필요해서라고 했다.

박호진 상사가 김민지와 트린을 데리고 나와 이동하자 수리가 나에게 상황을 알려주었고, 수리에게 일러서 양귀비 밭을 태워버리라고 지시했다.

나를 공격하는 놈들은 모조리 전기 충격탄 맛을 보여주었는데 최소한 죽이진 않았다.

'끝난 건가?'

총소리가 멈췄다.

숨었는지 도망갔는지 최소한 날 공격하는 놈들은 없었다.

"수리야!"

—네. 백호님.

"마약 창고로 의심되는 곳은 모두 플라즈마 포로 날려버려."

—플라즈마 포 발사합니다.

수리는 대나무로 만들어진 건물이라도 플라즈마 포로 모조리 날려버렸다.

그리고 박호진 상사와 여자들을 만났다.

꺄아악!

"놀라지 마세요. 우리 편입니다."

여자들이 날 보더니 엄청나게 놀랬는데 워 머신이 위압적이었던 모양이다.

"네?"

"안에 사람 있으니까 놀라지 마시라구요. 저분 덕에 두 분이 살아난 겁니다."

"그, 그래요?"

"네."

"일단 한국으로 돌아가죠."

내가 앞장서자 박호진 상사는 그제야 김민지에게 물었다.

"근데 여기가 어딥니까?"

"네?"

"아, 제가 사정이 있어서 여기가 어딘지 몰라서요."

김민지가 황당한지 박호진을 쳐다보았는데 그제야 군복에 위장크림까지 발라서 누가 봐도 군인처럼 보인다는 걸 깨달았다.

"정글로 끌려오기 전까진 라오스였어요. 전 루앙프라방이란 곳에서 의료 봉사 중이었거든요."

"아, 그렇군요."

"근데 지금은 잘 모르겠어요. 3일 정도 이동한 거 같은

174

데 도착하자마자 누굴 치료하라고 해서 거기 매달려 있었거든요. 그런데 박 상사님은 왜?"

"전 군인입니다. 특수부대 선발 자격 때문에 실전 테스트 중이었는데 어쩌다 우연히 두 분을 발견한 겁니다."

"덕분에 저희가 살았네요. 감사합니다."

"대한민국 군인으로서 당연히 제가 할 일을 한 겁니다."

사실 훈장을 줘도 시원찮을 일인데 안타깝게도 미리 정해 둔 규칙과 형평성 때문에 박호진 상사는 탈락이 유력했다.

솔직히 마지막 주간에 이어지는 이 테스트는 의견이 분분했었다. 실효성이 있는지와 이런 경험이 실전에 도움이 되겠냐는 것이다. 하지만 마지막 테스트 덕분에 최소한 두 사람은 살려낸 것이다.

'박호진 상사에겐 훈장이라도 추천해야겠어.'

개인적으론 그리 생각했는데 대테러전 사령부 대원으로 선발하는 건 여지를 둘 수밖에 없었다.

내가 이리 생각하는 건 박호진 상사는 모든 분야에서 타의 추종을 불허하는 실력자기 때문이다. 부사관이 아니라 장교였다면 서른 명 중 최고 대장으로 발령해도 좋을 만큼의 실력자라고 생각했다.

"여기서부턴 눈을 좀 가려야겠습니다."

"갑자기요?"

"비밀 유지가 필요한 전략 병기가 동원된 탓이니 이해 바랍니다."

"저도 가려야 합니까?"

"네. 박 상사님도 가려야 합니다."

"알겠습니다."

"천이 없으니 의사 선생님 가운 좀 빌리겠습니다."

"네?"

"가운 좀 빌려주세요. 돌아가면 새 걸로 마련해 드리겠습니다."

김민지는 구출된 것에 안도감을 느끼고 있기는 했어도 괴물 같은 로봇과 위장크림 덕에 시커먼 박 상사를 보고는 황당하다는 생각밖에 들지 않았다.

김민지가 가운을 벗어주자 북북 찢어서 눈가리개를 만들어 주었다.

"참, 바로 한국으로 갈 생각인데 이분은 어쩌죠?"

김민지에게 현지인에게 의중을 물어봐 달라고 했는데 김민지도 라오스 말에는 능통하지 못해서 손짓발짓 다 해가면서 겨우 의사소통하는 것을 한참 동안 지켜봐야 했다.

"제가 책임질게요. 일단 한국으로 데려다주세요."

"그러죠."

눈을 가리고 까막수리에 태운 다음에 곧장 한국으로 되돌아왔는데 비행시간을 고려해서 일부러 시간을 지체한

다음에 공항 한쪽에 내려주었다.

 돌아오는 길에 고진태 장군에게 미리 연락해 둬서 의료진이 기다리고 있었고, 여자들은 그쪽에 인계하고 박호진 상사는 훈련캠프로 돌아가라고 했다.

"훈련캠프로 돌아가십시오."

"교관 얼굴은 제가 다 아는데 누구십니까?"

"나중에 알게 될 겁니다."

"한 가지만 더 여쭤봐도 되겠습니까?"

"네. 말씀하세요."

"도대체 뭘 타고 온 겁니까?"

"그게 궁금합니까?"

"일부러 시간을 지체한 거 압니다. 실제 비행시간은 30분도 안 되었던 것 같은데 라오스에서 여기까지 30분 만에 온다는 건 거의 불가능한 일입니다."

 씨익.

"그래서 전략 병기라고 한 겁니다."

"전략 병기요?"

"네. 그것도 차차 알게 될 겁니다. 그럼 이만."

우리는
열도 침몰을
원한다

일상

　마지막 훈련주간은 탈 없이 마무리되었으나 약속된 시간 내에 복귀한 대원은 23명에 불과했다. 나머진 몇 시간 혹은 하루 이틀 정도 늦었고, 교관 호출 스위치를 눌러서 포기한 대원도 세 명 발생했다. 덕분에 박호진 상사는 1등은 놓쳤지만, 대원으로 선발하는데 무리 없이 진행되었다.

　우여곡절 끝에 30명을 선발한 뒤에는 곧바로 특수 훈련이 시작되었다.

　"박 상사님, 또 훈련입니까?"

　"그러게 말이다. 아직 끝난 게 아니란다."

"선발됐으면 휴가라도 줘야 하는 거 아닙니까? 박 상사 님은 훈장까지 받았는데……."

"모두 동의했으니까 어쩔 수 없는 일 아니겠냐?"

"가시죠. 오늘은 강당에서 시작한답니다."

"강당?"

"네."

강당에 도착한 박호진 상사는 깜짝 놀랐다.

거기에는 얼마 전에 만났던 의문에 싸인 남자가 서 있 었기 때문이다.

"어? 저 사람은?"

"누군지 아십니까?"

"내가 말했었지? 정글에서 만났던 교관."

"정말입니까?"

"그래. 저 사람이야."

내가 훈련캠프에 다시 나타난 이유는 선발된 대원들에 게 워 머신을 지급하고 훈련시키기 위해서였다.

"본 교관은 강백호라고 합니다."

웅성웅성.

내 이름을 밝히자 대원들이 웅성거렸다.

일부가 내 정체를 알아본 탓이다.

하지만 난 아랑곳하지 않고 말을 이어나갔다.

"자자! 조용히 해주세요. 계속하겠습니다. 고단하고 혹독한 훈련을 마친 여러분께 지급되는 장비 적응 훈련

이 필요해서 이 자리가 마련되었습니다. 그리고…….”

나머진 국가와 민족 어쩌고 하면서 긍지를 불어넣는 강연이 이어졌고, 그나마도 3분 안에 마무리되었다.

그런 다음엔 그들에게 이름 대신으로 불릴 콜사인을 등록하게 했고, 장소를 이동해서는 각자에게 워 머신을 지급했다.

“맙소사, 박 상사님! 저거 풀 메탈 재킷입니다.”

“저거 워 머신이란 거다.”

“네?”

“정글에서 봤어.”

“정말입니까?”

“그래. 저 사람이 저걸 입고는 나랑 같이 그 여자들을 구했거든.”

“호오, 그럼 저거 우리에게 지급되는 겁니까?”

“그런 모양이다.”

단짝인 박호진과 고주찬 중사는 워 머신에게서 눈을 떼지 못했다.

영화 속에서나 보던 첨단 장비가 자신들에게 보급된다고 하니 그저 놀랍기만 했다.

“저 좀 꼬집어 주십시오. 이거 꿈인지 생시인지 모르겠습니다.”

퍽!

꼬집는 대신 주먹으로 고주찬 중사의 가슴을 살짝 가격

했다.

"큭! 꿈 아니지 말입니다."

이들에게 지급된 워 머신은 당연히 하위 버전이고 고주찬 중사가 말한 것처럼 풀 메탈 재킷 정도로 받아들이면 딱이다.

방탄 장갑에 기본 무장은 재래식 무기인 경기관총을 채택했고, 아만티움 소재의 검을 장착했는데 총보단 이게 더 위협적인 무기가 될 수도 있었다.

지금은 2001년이다.

현대전에서 총알을 튕겨내는 괴물이 다가와서 뭐든 잘라내는 검을 마구 휘둘러댄다면 그것만큼 큰 공포가 있을까?

그러나 선발된 대원들에겐 워 머신에 적응해야 하는 과제가 남겨 있었다.

아무리 좋은 장비가 있어도 자기 것으로 만들지 못하면 무용지물이나 마찬가지기 때문이다.

어제까지만 해도 이런 군 생활이 될 거라곤 생각지도 못했던 대원들은 새로운 일상을 맞이하게 된 거다.

* * *

7광구 개발 프로젝트가 입에 오르내리자 4대 정유사 대표들이 청와대를 전격 방문했고, 각자 자기네에게 맡겨 달라고 어필했다.

이후로 방대한 자료가 제출되었는데 이 중에 한 업체를 선정하기가 참 난감했다.

"또 오셨네요?"

"언제나 해답을 주시니까요."

청와대 박기동 비서실장이 또 나를 찾아왔다.

정확히는 만나 달라고 해서 강남에 새로 지어진 WT 호텔에서 만났지만……

"이번엔 무슨 일이십니까?"

"강 대표님과도 무관하지 않습니다."

"뭔데 그러세요?"

"7광구 때문입니다."

"그거야 정부에서 업체 선정하기로 한 거 아니었습니까?"

"그거 때문에 대통령님께서 아주 난감합니다."

"자세히 말씀해 보세요."

"아! 그러니까……."

박기동 실장 말은 이거다.

4대 정유사가 모두 자기네에 맡겨 달라는데 엑스 오일은 인공태양 사업에 참여시켜 주었으니 제외해야 하는 거 아니냐는 거다.

얼핏 들으면 나름 일리가 있는 주장이기는 했다.

그렇다면 3개 정유사가 남는데 이게 또 3사가 나눠 먹기엔 엑스 오일이 왜 자신들은 빠져야 한다는 거다.

남은 3개 정유사 모그룹도 경제특구 사업에 혜택을 본 거 아니냐는 거다.

그것도 맞는 얘기다.

인공태양 사업에 제외하는 조건으로 경제특구 사업에 특혜를 준 것도 사실이니 말이다.

그렇다고 새로운 정유사를 설립할 것도 아니라서 이 문제에 있어서 새롭고 현명한 아이디어가 필요한 일이긴 했다.

"…으음. 다들 일리는 있군요."

"그래서 고민이라는 겁니다."

사실 아무도 7광구 개발 사업이 실패할 거란 생각을 하지 않는 것만 해도 장족의 발전이기는 했다.

뭐가 좋을까 생각하다가 퍼뜩 떠오르는 생각이 있었다.

"그럼 이렇게 하시죠."

"어떻게 말입니까?"

"우선 엑스 오일을 제외한 3사 대표를 모아 주세요."

"지금 말입니까?"

"네. 저흰 식사나 하면서 기다리죠."

"알겠습니다."

박기동은 급하게 연락을 남긴 다음에 스테이크를 썰면서 여러 현안을 나랑 의논했다.

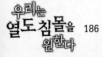

내가 자격이 되는지 곱씹어 봤지만, 지금은 어떤 식으로든 우리 형제들이 개입해야 한다는 결론을 내린 지 오래였다.

식사하면서 기다리는데 반대쪽으로 오세희 회장이 걸어가는 것이 보였다.

'약속 있나?'

저녁 시간이 다 됐기 때문에 자연스럽게 든 생각이다.

청룡이 동행하지 않은 걸 보면 개인적인 약속이지 싶었는데 세희가 VIP룸으로 들어간 뒤에 한 무리의 여자들이 그쪽으로 가는 것이 보였다.

'모임인가?'

막 그런 생각을 하는데 정유사 대표들이 도착했다.

인사를 하고 자리에 앉은 다음에는 식사 주문을 하게 했고, 나랑 박 실장은 후식을 준비해달라고 했다.

"근데 갑자기 이런 모임이 만들어진 이유가 궁금하군요."

대연정유 대표가 궁금증을 이기지 못하고 먼저 말을 꺼냈다.

"식사하시면서 들으시죠."

"네."

"7광구 개발 건으로 말들이 많다고들 하던데 저희가 정유사를 설립하기도 그래서 대안을 마련해봤습니다."

"대안이라면 어떤 겁니까?"

말하다 보니 대연정유 대표가 정유 3사를 대표하는 것처럼 대화가 진행되었다.

그래도 다른 두 사람은 전혀 이의를 제기하지 않았다.

"엑스 오일은 인공태양 프로젝트만 해도 여력이 없을 겁니다. 그래서 3사 대표분을 모신 건데 3사 중 두 기업은 정유 사업을 공동으로 진행하고 한 기업이 플라스틱 사업을 맡아주셨으면 합니다."

"플라스틱 사업이야 각자 분야가 있는데 갑자기 왜 그런 말씀을 하십니까?"

그냥 플라스틱 사업이라면 등가 교환이 될 수 없으니 대연정유 대표가 하는 말도 당연한 거다.

하지만 이건 그냥 플라스틱 사업이 아니었다.

"그냥 일반적인 플라스틱이 아닙니다."

"설명 부탁드립니다."

"환경 문제에 있어서 플라스틱이 가장 문제가 되는 부분이 무엇입니까?"

"그야 썩지 않는다는 거 아니겠습니까?"

"바로 그겁니다. 저희가 이전할 기술은 썩는 플라스틱이면서 해수에 용해가 된다는 겁니다."

"……."

"맙소사!"

"하지만 그건 채산성이 없지 않겠습니까?"

썩는 플라스틱이 없는 건 아니다.

다만 생산단가가 워낙 높아서 비쌀 수밖에 없기에 소비자들에게 먹혀들지 않는다는 것이다.

이거 환경에 도움이 되니까 비싸도 쓰라고 하는 것은 아직 통하지 않았다.

"우리 WT가 개발한 기술은 생산단가 면에서도 기본 공정과 별반 차이 나지 않을 겁니다."

"저, 정말이십니까?"

"물론입니다. 그래서 3사 중 한 기업이 바이오 플라스틱 사업을 독점하고 다른 두 기업은 합작으로 7광구를 개발하는 것이 어떻겠습니까? 7광구는 사업 규모를 봐서 독점으로 진행하기엔 문제가 많을 겁니다."

바이오 플라스틱.

즉, 썩는 플라스틱이란 제법 먹음직스러운 떡밥을 던져 놓았더니 3사 대표들이 눈치를 보기 시작했다.

"지금 결정 내려야 하는 건 아니겠죠?"

"물론입니다. 중요한 일이니 시간을 갖고 협의해 보세요."

"하하하. 감사합니다."

"가만, 제가 급한 회의가 있는데 깜빡했네요. 곧 연락 드리겠습니다."

세화정유 대표가 갑자기 시계를 보더니 은근슬쩍 일어나서 인사를 하고 종종걸음으로 사라졌다.

그걸 보던 다른 두 대표도 다소 엉뚱한 핑계를 대고는

급하게 나갔다.

"하하하. 강 대표님 참 대단하십니다."

"별거 아닙니다."

"별거 아니긴요. 썩는 플라스틱을 독점하라니 지금 나간 분들 기분이 어떨지 안 봐도 훤합니다. 하하하!"

"그런가요?"

씨익.

나도 웃음이 났다.

이제 저들은 어떤 떡밥이 더 큰지 저울질하기 위해서라도 긴급회의가 시작될 것이다.

쉽게 결론 내릴 수 없으니 아마도 마라톤 회의가 될 것이다.

"이번에도 도와주셔서 감사합니다."

"별말씀을요."

* * *

WT호텔 레스토랑 VIP룸에선 다소 애매한 분위기가 연출되고 있었다.

"어머, 수정아! 오랜만이다."

"그러게. 태희야, 언제 들어왔어?"

흔한 여고 동창 모임인데 두 사람이 먼저 도착했는지 윤태희와 강수정은 반갑게 인사를 나누고 있었다.

둘 모두 여고 시절엔 세희와 꽤 친하게 지냈는데 대학에 진학하면서 사이가 벌어졌다.

어찌어찌해서 윤태희와 세희는 한국대에 진학했는데 거기서 만난 과 선배와 의도치 않은 삼각관계가 만들어져서 사이가 멀어졌다.

윤태희가 어떤 과 선배를 좋아했는데 그 과 선배는 세희를 좋아해서 질투심에 눈이 멀어버린 흔한 연애 스토리였다.

사랑이 뭐라고 오랫동안 이어진 우정이 한순간에 파사삭 깨져버린 것이다.

그 뒤로 시간이 꽤 지났고, 윤태희는 오성전자에 다니는 엔지니어를 만나 중국에 나가서 살고 있었다.

남편이 주재원으로 나가게 되어서 아내 입장으로 따라나가 살게 된 것이다.

그래서 오랜만의 입국이라 한국 사정에 대해 잘 몰랐다.

반갑다면서 한참 떠들고 있는데 문이 열리고 세희가 들어섰고, 약 1분 간격으로 오늘 모이기로 한 여고 동창들이 모두 모였다.

"세희야, 오랜만이야."

"그래 수정아, 잘 지냈어?"

"그럼 나야 잘 지내지."

"태희도 오랜만이다."

세희가 윤태희에게 인사를 건넸는데 싸늘한 눈빛만 돌아왔다.

그러자 강수정이 윤태희에게 은근슬쩍 눈치를 주었다.

"왜 그래?"

"오랜만에 만났으면 반갑게 인사를 해야지. 옛날 일로 아직도 꽁해 있어?"

"내가 뭘?"

"그만 좀 해. 세희도 많이 바쁜데 참석한 거야."

"지가 바빠 봤자지. 고아 주제에."

친구들도 세희가 고아 출신이고 오춘자 여사에게 입양되어서 길러진 것을 알고 있었다.

아무리 그래도 오랜만에 만난 동창회에서 그런 말을 한다는 건 몰상식한 짓이었다.

"태희야, 왜 그래?"

"뭐가 왜 그래야. 참, 세희 너 결혼했다며?"

"그래."

세희는 웃고는 있지만 자기도 모르게 손에 힘이 들어갔는지 어느새 주먹을 쥐고 있었다.

"고아긴 해도 돈이 많으니 재벌 서자라도 물었니?"

"태희야. 말이 좀 심한 거 같다."

"아니 그렇잖아. 네가 돈 많고 조금 예쁜 거 말고 내세울 것이 뭐가 있니?"

10년도 더 지난 일인데다 세희가 잘못한 것은 하나도

없는데 사이가 틀어진 윤태희에겐 공격할 거리밖에 보이지 않았다.

"넌 그렇게 생각하는구나. 그래 넌 누구랑 결혼한 거니?"

조근조근하게 물었다.

강수정이 윤태희를 말려보려고 했는데 이미 늦었다고 생각했는지 듣고만 있었다.

다른 동창들도 얼굴색이 어두워지기는 마찬가지였다.

"나야 방계긴 해도 오성그룹 가문의 남자랑 결혼해서 오성전자 중국 법인에서 일하는 신랑 만나서 잘 지내니까 네가 걱정할 거 없어."

WT그룹이 중국과 거래가 없으니 윤태희는 오세희가 어떤 일을 하고 있는지 모르는 거다.

그저 사채 놀이하는 돈 많은 양어머니를 만나 팔자가 달라졌다고만 생각했다.

돈이 많아도 그런 신분으론 제대로 된 남자를 만났을리 없다는 선입견으로 재벌 망나니 정도랑 결혼한 거 아니냐고 자기 마음대로 재단한 거다.

"그렇구나. 이름이 뭔지 물어봐도 될까?"

"네가 우리 남편 이름 알아서 뭐 하게."

"그래? 잠깐만."

세희는 어딘가로 문자를 보냈고 곧 답장이 왔다.

"넌 동창들 모아놓고 뭐 하는 거니? 몰상식하게."

"오성전자 소주 법인 책임연구원 문기성 씨구나?"

"뭐?"

"태희 네 남편 말이야."

"세희 너! 내 뒷조사했니?"

"뒷조사가 아니라 비서실에 연락하니까 바로 연락이
와서 알 수 있었던 거야."

"비, 비서실? 그게 무슨 말이야?"

강수정을 비롯해서 다른 동창들은 윤태희의 말로가 예
상되기 시작했다.

그래서인지 모두 불쌍한 눈빛으로 윤태희를 보고 있었
다.

"너희들 그 눈빛 뭐야?"

"태희야, 그만해."

"뭘 그만해."

강수정이 다시 한번 말려보려고 했으나 윤태희는 이미
꼭지가 돌았다.

"수정아. 그냥 둬."

"어? 아, 알았어."

세희가 수정에게 그냥 두라고 하자 더 이상 윤태희를
말리는 친구는 없었다.

어디 할 때까지 해보라는 의미라는 걸 모두 알아들은
거다.

딸깍.

순간 문이 열리고 쇼핑백을 든 세희 경호원들이 룸 안으로 들어왔다.

"오랜만에 만나는 친구들을 위해 내가 준비한 거야. 부담 갖지 않았으면 좋겠어."

"저, 정말?"

종이 가방 안에 뭐가 들어 있을지 모두가 아는 눈치다.

그도 그럴 것이 이름만 대면 모두가 알 정도의 명품 브랜드 로고가 버젓이 박혀 있어서다.

여자들이 환장한다는 바로 그 명품 가방이다.

특히 세희가 준비한 오늘의 선물은 샤*에서 한정판으로 발매한 신상이었다.

모델별로 색상만 다른 명품 가방이라 하나씩 가져도 겹치지 않게 배려했다.

"세희야, 고마워."

"아니야."

"어머! 어쩜 뭐 이런 걸 다 준비했어?"

"고맙다, 세희야. 내가 친구 잘 둔 덕을 보는구나."

"아니야. 도울 일 있으면 언제든 연락해. 친구 좋다는 게 뭐겠어."

"고마워. 세희야."

다들 환호하고 좋아들 하는데 오직 한 사람만 이게 무슨 상황인지 이해가 되지 않았다.

그러나 윤태희는 또 오해하고 말았다.

"쳇! 이제 돈지랄까지 하는 거니?"

피식.

"그냥 친구들을 위해 조금 썼을 뿐이야. 아, 넌 잘난 남편을 뒀으니 이런 건 필요 없겠다. 그치?"

신상이라 하나에 3천만 원을 호가한다는 걸 아는 친구들은 선물의 의미를 잘 알고 있었다.

그중에는 제법 잘 사는 친구도 있었고, 심지어 30위권이지만 재벌 딸도 있었다.

"뭐?"

"애들아. 우리 스위트룸으로 올라갈까?"

"어?"

"먼저들 가 있어. 밖으로 나가면 노지연 실장님이 도와주실 거야."

"그, 그래. 알았어."

세희가 한 말에 어색한 분위기에서 벗어나려는 친구들이 우르르 몰려나가고 강수정과 윤태희만 남았다.

여고 시절엔 이렇게 셋이 3인방이라고 불리면서 몰려다녔던 친구였다.

"뭐? 스위트룸?"

"그냥 오랜만에 만났으니 민폐 끼치지 않고 우리끼리만 놀고 싶어서."

"지금 장난해?"

윤태희는 끝까지 포기하지 않고 세희를 몰아 붙였다.

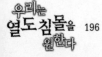

"태희야, 그만해."

"뭘 그만해."

강수정이 다시 말렸다.

"네가 중국에 나가 있어서 잘 모르는 모양인데 세희 WT그룹 회장이야. 결혼하신 분은 오너 일가 둘째고."

"뭐?"

그러나 윤태희는 WT그룹 위상을 잘 모른다.

그냥 새로 생긴 대기업 정도로만 인식하고 있었다.

"WT그룹 몰라?"

"그게 뭐?"

"정말 한국 소식은 깡통이구나?"

"그게 뭔데 나보고 어쩌라고?"

"WT그룹은 네 신랑이 다니는 오성그룹도 한 수 접어주는 하늘 위에 또 다른 하늘이라고 부를 수 있는 천외천이라고."

"지금 무슨 소리를 하는 거야?"

"세희가 WT그룹 안주인이나 마찬가지란 뜻이야. 세명의 오너 중 한 분이랑 결혼했다고. 이제 알겠니?"

그때 문이 다시 열리더니 노지연 실장이 들어왔다.

"회장님. 친구분들은 스위트룸으로 모셨습니다."

"노 실장님. 이분 남편분이랑 오성전자 소주 법인에 대해서 좀 알아보세요. 우리 특허가 어느 정도 적용되는지도 보고 받고 싶네요."

"네. 회장님. 내일 아침에 보고 드리겠습니다."

노지연은 깍듯하게 허리를 숙였다.

사석에서는 언니 동생하면서 이물 없이 지내지만 일할 때나 이런 자리에서는 비서실장으로서 오세희 회장을 보좌했다.

세희가 한마디 할 때마다 윤태희는 사시나무 떨듯이 떨고 있었다.

"수정아. 나 먼저 올라갈게. 정리하고 올래?"

"그래. 알았어."

세희가 노지연 실장이란 나가다가 문 앞에서 나와 마주쳤다.

"어? 제수씨 맞네요."

"아주버님, 여긴 어쩐 일이세요?"

"청와대 비서실장님 만날 일이 있어서 왔다가 제수씨 같아서 와 본 겁니다."

"식사하셨어요?"

"조금 전에 먹었어요. 근데 동창회?"

"네. 여고 동창 모임이에요. 오랜만이라 와인 한잔하려고 스위트룸으로 옮기는 중이에요. 참, 음식 맛 어떠셨어요?"

우리 대화를 윤태희와 강수정이 고스란히 듣고 있었다.

공기가 싸한 것이 자세한 건 몰라도 대충 느낌이 왔다.

여고 동창 모임은 누가 누가 잘 사는지 과시하려는 모임이라고 했던 말이 떠올라서다.

'큭큭. 제수씨한테 발렸구나?'

딱 봐도 저 여자가 세희에게 대들다가 발린 모양새다.

"아주 맛있었어요. 준비하느라고 고생 많으셨죠?"

"아니에요. 저야 뭐 결재 서류에 서명만 하면 되잖아요."

"그래도 제수씨가 신경 썼으니까 이만한 호텔이 탄생한 거죠. 참, 올라가 보세요. 친구분들 기다리시겠어요. 제가 좋은 와인 보내드리겠습니다."

"감사해요. 아주버님."

일부러 윤태희를 한번 보고 그리 말했더니 세희도 장단을 맞추었다.

그런데 윤태희 얼굴이 썩다 못해 아주 흙빛이다.

"일행이 있어서 그만 가볼게요."

"네. 주말에 집에 오실 거죠?"

"네."

주말에 소피랑 종로 집으로 가기로 약속이 돼 있었다.

* * *

모두 사라지고 강수정과 윤태희만 덩그러니 남았다.

"수정아, 뭐가 어떻게 된 거니?"

"그러게 좀 진정하지 그랬어."

"세희가 누구랑 결혼했다고?"

"우리나라에서 제일 크고 영향력 있는 대기업 오너 중한 사람이랑 결혼했는데 전 국민이 다 아는 사실을 왜 몰랐니? 아무리 중국에 나가 살고 있다지만 해도 해도 너무했다."

강수정은 WT그룹이 어떤 기업이고 세희랑 결혼한 강청룡이 누군지 조금 전에 세희랑 대화를 나눈 사람이 누군지 설명해 주었다.

"맙소사!"

"그러게 작작 했어야지. 세희가 오랜만에 친구들 만난다고 이렇게 비싼 선물까지 준비했는데 말이야. 그리고이 호텔 WT호텔이어도 실소유주는 세희잖아."

가방 하나에 수천만 원씩 하는 거라 못해도 3억 원 이상은 선물 사는데 사용한 거다.

결정적으로 오늘 모임을 가진 WT호텔 실소유주가 오세희 회장이었다.

계열은 WT에 속하지만 오세희 회장이 지분 70% 이상을 가지고 있으니 개인 소유나 마찬가지였다.

"뭐?"

"그게 아니라도 어차피 넌 세희를 이길 수 없어. 설마친구들이 돈 많은 세희 편을 들지 않고 네 편을 들어줄줄 알았니?"

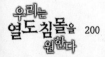

"……."

"정신 차려 이 기집애야."

"왜 이런 일이 일어난 거지?"

망연자실한 표정이다.

"아무리 너와 내가 친구라지만 까놓고 말해서 세희가 잘못한 게 뭐 있니?"

"너까지 왜 이래?"

"그렇잖아. 대학 다닐 때 그 선배도 네가 좋아한 거지. 선배가 널 좋아한 것도 아니었잖아. 그 선배가 세희 좋아한다고 일방적으로 쫓아다니다가 까이기만 했는데……."

"네가 뭘 알아."

"너 정말 이럴 거야?"

윤태희는 자기 남편 인생이 꼬일지도 모른다는 생각에 악만 남았다.

"꺼져."

"정말 구제 불능이구나. 너하고의 인연은 여기까진가 보다. 잘난 네 신랑이랑 잘 먹고 잘 살길 바란다."

그나마 지지해 주었던 강수정마저 윤태희를 외면하고 스위트룸으로 사라져 버렸다.

털썩!

다리에 힘이 빠져서는 그 자리에 주저앉았다.

딸깍!

"수정이니?"

수정이가 다시 돌아왔다고 생각한 윤태희는 반가운 마음에 고개를 들었다가 심하게 당황했다.

"노지연 실장이라고 합니다."

"네?"

"오세희 회장님이랑, 아니 세희랑은 오랫동안 한집에서 지낸 탓에 사석에서는 언니 동생하는 사이에요."

"그… 그런데요?"

"아무리 한국 사정에 어두워도 그렇지 큰 실수를 하신 겁니다. 그리고 잘 모르는 사람에게도 그런 식으로 무안 주지는 않습니다. 오성그룹 고 회장님도 세희에게 함부로 하지 않는데 감히 세희에게 고아라고 빈정대다니 당신 제정신이야?"

노지연이 분노했다.

"그… 그게 아니라……."

놀라서 어버버할 뿐.

"윤태희! 네가 얼마나 잘났는지 모르겠지만 그 잘난 집안 박살 내주겠어. 내 말 알아들어?"

"죄, 죄송……."

"뭐라고?"

"죄… 송합니다."

"늦었어. 사과는 세희에게 했어야지. 가난이 뭔지 고아가 뭔지 뼈저리게 깨닫게 해주겠어. 왜냐고? 나도 고아

202

출신이라 빡이 돌았거든."

노지연이 종로 마녀 곁에서 살게 된 이유도 그녀가 고 아였기 때문이다.

그래서 세희가 아까 그 말을 들었을 때 가슴을 후벼 파는 것 같았다.

"제… 제발!"

"이미 늦었지만, 인생 그렇게 사는 거 아니다."

그런 일이 있고 얼마 뒤 윤태희는 남편에게 이혼당하고 집안에서도 외면받기 시작했다.

자세한 속내는 몰라도 적어도 남들이 보기에는 가족들에게도 버려진 것처럼 보였던 것이다.

윤태희네 아버지가 금형 공장을 하는데 여러 대기업 하청으로 연결되어 있었고 그 대기업들 대부분이 WT그룹에 영향력에서 벗어날 수 없어서다.

우리는
열도 침몰을
원한다

폭탄선언

　오키나와는 정확하게 반으로 나누어져서 각자의 주장을 거세게 부르짖었다.

　한쪽은 독립을 찬성하고 한쪽은 독립은 무슨 독립이냐, 일본에서 독립했다간 오키나와는 고사하고 말 것이다, 라고 주장했다.

　독립을 찬성하는 쪽은 WT그룹에서 무려 100억 달러를 투자하겠다는 것을 강조했다.

　그 돈만 들어오면 일본 중앙 정부 지원은 필요 없다는 논리였다.

　물론 그 이면에선 여태 중앙 정부가 도와준 것이 뭐가

있냐면서 그동안의 자료를 들이밀었다.

"각하! 오키나와 상황이 심상치 않습니다."

"왜들 귀찮게 하는지 모르겠군."

"하지만 WT그룹이 100억 달러를 투자하겠다면서 독립연맹을 지지하고 나섰는데 뭐라도 해야 하지 않겠습니까?"

"아무리 WT그룹이라고 해도 오키나와를 어쩌진 못해. 단계별로 철수하겠다고 했지만 오키나와 땅 5분의 1이 미군 기지야. 그러니 최소 3년은 아무 일 없을 거야."

"각하, 괜찮겠습니까?"

"괜찮다니까 그러네. 각설하고 야스쿠니 신사 참배 관련해서 대대적으로 행사가 진행될 수 있도록 준비나 잘하게. 그 자리에서 7광구 개발을 반대하는 성명과 한국을 규탄하는 집회를 열 생각이니까."

"오, 각하는 계획이 다 있으셨군요."

오카다 관방장관은 모리 총리를 부추기기 바빴다.

괜히 바른 소리 한다고 몇 마디 하려다가 무안만 당해서 당분간 입조심이나 해야겠다고 생각했다.

"크하하하! 당연하지. 특히 외신 기자들이 최대한 많이 참석할 수 있도록 연락 돌리고."

"네, 각하!"

야스쿠니 신사 참배는 일본 정치권이 해마다 벌이는 이벤트인데 특히나 한국을 정조준해서 정치권을 단결시키

는 효과가 커서 총리들이 애용하는 행사였다.

 시간은 흘러 모리 총리가 야스쿠니 신사 참배하는 날.
 오키나와에서는 주일 미군 사령관이 중대 발표를 하겠다면서 기자회견을 자처했다.
 그 덕에 야스쿠니 신사에는 생각보다 저조한 출석을 기록해서 모리 총리를 불편하게 만들었다.
 "도대체 이게 어떻게 된 거야?"
 해외에서 뭐라고 하건 말건 야스쿠니 신사에 오기만 하면 스포트라이트가 집중되는데 오늘은 평소에 비하면 기자들이 5분의 1에 불과했다.
 "죄송합니다. 각하!"
 "누가 지금 사과 듣자고 하는 소리야? 어떻게 된 건지 말해보라고."
 "그게 주일 미군 사령관인 하워드 중장이 오키나와 나하시에서 기자회견을 자처하면서 외신 기자들이 모조리 그쪽으로 몰려갔다고 합니다."
 "그 사람이 갑자기 무슨 기자회견을 한다는 거지?"
 "내용은 오리무중이라 아직 파악되지 않았습니다."
 "야마오카 현지사에게 연락해서 무슨 일인지 당장 알아보라고 해."
 "제가 이미 연락을 시도해봤는데 야마오카 현지사도 연락이 되질 않습니다."

"일부러 피하기라도 한다는 거야?"

"죄송합니다."

도쿄와 오키나와 나하는 직선으로 날아간다 해도 1,700km를 날아가야 한다.

비행기를 타고 두 시간을 족히 날아가야 하는 곳이라 도쿄에 앉아서 모든 것을 알아낼 수는 없었다.

쿵!

한참 짜증을 내는데 쿵, 소리가 나더니 지진이 일어난 것마냥 건물이 흔들렸다.

불과 몇 초 정도였으니 모리 총리는 잔뜩 겁을 집어먹었다.

"이거 뭐야?"

"제가 나가서 알아보겠습니다."

후다다닥!

오카다 관방장관이 밖으로 나가기도 전에 보좌관 하나가 뛰어 들어왔다.

"가… 각하!"

"무슨 일이야?"

"잔디밭에 미사일이 떨어졌습니다."

"미사일?"

"그, 그렇습니다."

"무슨 소리를 하는 거야. 미사일이 떨어졌으면 내가 살아 있기나 하겠어?"

"그것이 탄두가 없는 껍데기라고 합니다."

"껍데기라고?"

"네. 미사일 몸체에 '경고한다. 까불지 마라.' 라고 쓰여 있었습니다."

"으아아아악!"

모리 총리는 분을 이기지 못해 지랄 발광을 다 하면서 고래고래 고함을 질러댔다.

그러더니 밖으로 뛰어나갔는데 그나마 참석한 기자들이 미사일 껍데기를 찍느라 총리가 오건 말건 관심도 없었다.

야스쿠니 신사에 경고 문구를 적어서 미사일 몸체를 발사한 사람은 바로 나였다.

해마다 참배하는 것도 참기 힘든데 거기만 가면 누가 됐든 망언을 일삼으니 올해는 뭐라도 해야 했다.

그래서 존 하워드 중장을 만나서 기자회견도 하게 만들었다.

찰칵! 찰칵!

수많은 카메라가 폭탄 발언을 시작한 존 하워드 중장을 찍느라 분주하게 움직였다.

"오늘 참석해준 내외신 기자 여러분 감사합니다. 오늘 이렇게 기자회견을 자처한 이유는 간단합니다. 최근 들어 미군이 3년 계획으로 오키나와에서 철수하게 되었다는 것을 알고 계실 겁니다."

"……."

"그런데 최근에 희망찬 소식이 들려오더군요. 그래서 가만있을 수만은 없겠다 싶어서 이렇게 나서게 되었습니다. 전 오키나와 독립연맹을 지지합니다."

그러자 쥐죽은 듯 조용했던 기자회장은 기자들이 벌떼처럼 일어나서 각자 질문을 해대는 통에 도떼기시장이 따로 없을 정도로 돌변했다.

오키나와 독립연맹을 지지한다는 말은 한마디로 오키나와 독립을 지지한다는 거였다.

"토가와 의장과 개인적으로 아는 사이십니까?"

"오키나와 독립을 지지한다는 뜻입니까?"

"갑자기 지지 선언하는 이유가 뭡니까?"

"WT그룹과는 어떤 사이십니까?"

"주일 미군 철수는 언제부터 시작되는 겁니까?"

기자들이 쉴 새 없이 질문을 쏟아냈다.

그러나 폭탄 발언을 한 하워드 중장은 더 할 말이 없는 눈치였다.

"사령관님, 오늘은 이만 마쳐야겠습니다."

"그게 좋겠지?"

"현명하신 선택입니다."

도저히 기자회견을 이어갈 상황이 아니었다.

그래서 말리는 부관을 따라 기자회견장에서 사라져 버렸다.

가데나 공군 기지에 도착하니 부관이 새로운 소식을 가져왔다.

"무슨 일 있나?"

"야스쿠니 신사에 탄두 없는 미사일이 떨어졌답니다."

주일미군은 도쿄 인근에 위치한 요코타 기지에 본부가 있는데 일본에 배치된 제5공군 사령관이 주일 미군 사령관 직책을 겸임한다.

그러니 일본 열도에 미사일이 떨어졌다는 것을 몰라선 안 되는 사람 중 하나다.

"이게 그거였나?"

"뭐가 말입니까?"

"오늘이 모리 총리가 지지 세력과 함께 신사 참배하는 날이었지?"

"맞습니다. 사령관님."

"험한 꼴 좀 당하겠군."

"총리 말입니까?"

"그래. 화려한 잔칫날인데 오늘 기자들도 죄다 이쪽으로 몰렸으니 열 좀 받았을 텐데 거기다 그런 일까지 벌어졌으니……."

"하긴, 사령관님 말씀대로겠습니다."

하워드 중장은 의미심장한 웃음을 지었다.

'세상에 바보가 따로 없군. 이미 대세는 기울었는데 도대체 뭘 하자는 건지…….'

정치에 둔한 자신이 보기에도 한일 관계는 이미 갈 데까지 간 상태였다.

당장 전쟁이 일어난다 해도 어쩔 수 없을 만큼 말이다.

그런데 다른 사람은 다 아는데 모리 총리 일당만 모르는 것처럼 행동했다.

"강 대표는 아직인가?"

"네. 사령관님."

오늘 강백호 대표가 오기로 했다.

전역이 얼마 남지 않은 하워드 중장은 이대로 자신의 커리어를 마감하고 싶지 않았다.

그래서 미국에서 가장 뜨거운 기업 중 하나인 WT PMC(주)로 자리를 옮기고 싶었는데 때마침 강백호 대표가 자신에게 접근해 온 거다.

하워드 중장은 자신에게 찾아온 기회를 당연히 잡아야 했다.

부관을 내보내고 잠시 커피를 음미하고 있는데 다시 문이 열리더니 기다리던 사람이 도착했다는 소식이 들려왔다.

"수고하셨습니다."

"어려운 일도 아니었습니다."

"그래서 말인데 장군님 전역 후에 오키나와 치안을 맡아보시는 건 어떻겠습니까?"

하워즈 중장은 주로 요코타 기지에 머물기에 전역 후에는 고향으로 돌아갈 생각이었다.

플로리다가 고향인 그는 오키나와 날씨에 익숙했다.

"제가요?"

"네. 오키나와는 실제로 독립시킬 생각입니다. 변수가 없다면 장군님께서 전역하는 시점과 별반 차이 나지 않을 겁니다."

"WT PMC에서 오키나와 치안을 맡게 될 거란 얘깁니까?"

"그렇기도 하고 오키나와에 자리 잡은 용병단은 WT PMC 포세이돈 용병단을 책임지게 될 겁니다."

"포세이돈 용병단 역할이 뭡니까?"

"오키나와에 야쿠자 같은 놈들이 얼씬도 못하게 해야 합니다. 제가 괜한 말로 100억 달러를 투자하겠다는 것이 아닙니다. 그리고 그만한 자금을 투자하려면 스스로 지켜낼 힘이 있어야 하지 않겠습니까?"

"아, 그렇군요."

"또 PMC라고 해서 대양 해군을 보유하지 말라는 법도 없으니 장군님이 바다를 맡는다고 생각하세요."

바다를 맡아달라고 하니 깜짝 놀란다.

공군 사령관에게 바다를 맡아달라고 하니 그게 좀 이상해서다.

'나더러 바다를 맡으라고?'

오랫동안 공군에서 복무했는데 갑자기 바다라니…….

"바다라면 해군 출신이 맡는 것이 낫지 않겠습니까?"

"사령관은 부하 장병들을 통솔하는 역할을 해내는 거 아니겠습니까? 장군님은 그만한 인력을 통솔해 봤으니 해군이든 공군이든 상관없이 자격은 충분하십니다."

하워드 중장은 지금도 수만 명을 부하로 거느린 장군이다. 그리 많은 사람을 통솔해 본 경험은 쉽게 가질 수 있는 것이 아니기에 그를 인정해주는 것이다.

"하지만 바다를 책임지려면 함대가 구성돼야 하는데 민간 군사 기업으로 그게 가능하겠습니까?"

"그린피스도 함대를 가지고 있는데 우리라고 못 할 것 없지 않겠습니까?"

"아무리 그래도 기업은 이윤을 목적으로 존재하는 것 인데 함대를 운용할 정도의 이윤이 나오겠습니까?"

당연한 걱정이다.

수많은 장병을 책임지면서 예산 문제도 늘 발목을 잡았었다.

군인이 무슨 돈 걱정이냐고 하겠지만 해외 파병군으로서 어쩔 수 없이 신경 써야 하는 문제였다.

"돈 걱정은 하지 않아도 될 겁니다."

"그래도 걱정되는 건 어쩔 수 없군요."

"결코 손해 보는 일은 없을 겁니다. 바다에도 할 일은 많으니까요."

"하긴 군인이 돈 걱정하는 것도 우습네요. 전 그럼 대

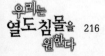

표님만 믿겠습니다."

모리 총리를 궁지로 몰려고 하워드 중장을 끌어들였지만 달리 생각하면 훌륭한 인재를 영입한 거였다.

* * *

내가 하워드 중장을 만나고 있을 때 모리 총리는 탄두 없는 미사일 때문에 곤욕을 치르고 있었다.

"도대체 어떤 자식들인지 알아냈어?"

일본에 군대가 아닌 자위대가 있어도 군사 조직이 아니라고 할 수 없다.

그들도 갖출 건 다 갖추고 있어서 미사일이 본토로 날아온 것을 미리 알아냈어야 하는 것이 맞았다.

아니, 방만해서 놓쳤다고 해도 미군은 그것을 알려줬어야 하는 거다.

그런데도 아무런 조짐이 없었다는 것이 문제다.

"죄송합니다. 각하!"

"이봐, 오카다 장관!"

"네. 각하!"

"그 죄송하다는 말 너무 자주 하는 거 아닌가?"

"죄송……."

콜록콜록!

또 죄송하다고 말하려다 사레가 들렸다.

"됐고. 무슨 짓을 해서라도 알아내라고 해."

"알겠습니다. 각하!"

모리 총리는 연일 지지율이 하락하는 중이다.

그래서 자중하라는 당의 압박이 심한데 그걸 무시하고 야스쿠니 신사 참배를 강행했다가 이런 사달이 벌어진 것이다.

일본은 다른 나라와는 조금 다른 구조라서 지지율이 하락하면 총리직을 내놓는 것이 국룰이나 마찬가지다.

'또 지랄들 해대겠군.'

일이 이쯤 되면 총리직에서 물러나라는 압박이 심해질 것 같아서 요즘 들어 심해진 편두통이 다시 도지는 것 같다.

"각하!"

미사일 때문에 어수선해서 일단 신사 접견실에서 대기 중이었는데 조금 전에 나간 관방장관이 다시 들어왔다.

"벌써 알아낸 것은 아닐 테고 무슨 일이야?"

"그것이⋯⋯."

"답답하게 굴지 말고 빨리 말해."

"조금 전에 오키나와에서 하워드 사령관이 오키나와 독립연맹을 지지한다는 기자회견을 열었답니다."

"무슨 헛소리를 하는 거야?"

"기자회견장에 현지사가 함께 있었다고 합니다. 여기 오지 않았던 외신 기자들이 전부 그쪽으로 몰린 모양입

니다.”

와락!

모리 총리가 오카다 장관 멱살을 움켜잡았다.

“가, 각하!”

“에잇!”

오카다 장관 잘못이 아니라는 걸 알기에 잡았던 멱살을
뿌리쳤는데 장관 멱살까지 잡아 놓고 미안한 기색은 전
혀 없었다.

“아무래도 미국과 한국이 오키나와 독립에 대해 사전
교감이 있었던 것 같습니다.”

“미친 것들이군. 내가 그동안 얼마나 협조해 줬는데 겨
우 그따위 한국 놈들하고 붙어먹다니…….”

모리 총리 입장에서는 지금 상황을 납득하기 어려웠다.

도대체 그따위 아테나급 구축함이 뭐라고 최우방국을
이렇게까지 업신여긴단 말인가?

“대책을 세워야 하지 않겠습니까?”

“젠장! 이런 모욕은 처음이군. 이젠 하다하다 군바리까
지 날 무시하다니 말이야.”

“우선 포트먼 장관에게 연락해서 백악관에서도 동의한
일인지 확인해보는 것이 낫지 않을까요?”

“일단 총리관저로 돌아가자고.”

“네. 각하!”

우리는
열도 침몰을
원한다

쓰레기 청소

오키나와 여론이 점점 독립을 지지하는 쪽으로 우세해
지는 가운데 일본에서는 또 다른 사건이 터졌다.

—백호님. 야마구찌 구미 쓰가루 오야붕이 죽었습니
다.

"갑자기?"

—사인은 독살이라고 합니다.

일일이 감시할 수는 없어서 수리에게 모니터링을 시켜
놓았었다. 쓰가루 오야붕과 합의 봤었는데 이렇게 되면
일이 복잡해진다. 새로운 오야붕이 한국 사업을 포기하
지 못하겠다고 하면 내가 또 나서야 하기 때문이다.

"반란인가?"

—쓰가루 오야붕이 사망한 이후에 차기 오야붕으로 유력한 사람이 한국 사업을 도맡아 하던 후지타 아이치란 인물입니다.

"보통 이럴 때는 가장 큰 이득을 보는 인물이 범인이기 마련인데 자기 것을 지키려는 후지타 아이치가 한 짓일 수도 있겠군."

—뿐만 아니라 조직 오야붕이 된다면 일석이조겠죠.

이제 수리가 사자성어를 쓰는 것도 이상할 것이 없어서 놀라지도 않았다.

"후지타가 일을 저지른 거 보니 대림동과는 인수인계가 끝나지 않았겠군."

—최종 조율 이후 일주일 뒤 계약이 치러질 예정이었습니다.

"도장 찍기 전에 쓰가루를 제거했다는 말이군."

—가장 유력한 접근입니다.

쓰가루 오야붕이 공식 사인은 복어 독에 의한 사망이었다. 이게 참 애매한 것이 그날 쓰가루가 복어를 먹기는 했단다. 그래서 타살인지 사고사인지가 애매한데 수리는 타살이라고 결론을 내린 듯했다.

이유는 간단했다.

쓰가루 정도 되는 사람이 그렇게 허술한 음식을 먹을 이유가 없다는 것이다.

복어 독은 치명적이라 아무나 쓰가루를 위해 요리하지는 않았을 것이기에 요리사가 후지타에게 포섭되었을 가능성이 농후하다는 것이다.

더구나 정황상 쓰가루 오야붕 명령으로 한국 사업을 철수하기 직전이었으니 물증은 없어도 심증은 확실하다는 거다.

"한국에 있는 놈들 계좌부터 털자."

쓰가루가 사망한 이상 봐줄 이유가 없어졌다.

—어디로 보낼까요?

"이번에도 국경 없는 의사회가 좋겠어."

—알겠습니다.

전에도 국경없는의사회에 기부했었는데 최근에 김민지를 구해낸 일이 있어서 그런지 제일 먼저 국경없는의사회가 떠올랐다.

"이렇게 된 이상 한국에 있는 일본 쓰레기는 치우는 걸로 하자고."

—네. 백호님.

"사이먼 대령이나 만나볼까?"

—연락해 놓을까요?

"아니야. 내가 연락할게."

대림동에 가보려고 막 일어서는데 사이먼 대령에게서 먼저 연락이 왔다.

—접니다. 보스!

조직이 커지면서 사이먼 단장은 날 보스라고 부르기 시작했다.

날 그렇게 부르는 이유는 약간은 중의적 의미가 포함돼 있었다.

하나는 미국인들이 상사를 부르는 방식이고 다른 하나는 대림동을 책임지고 있으니 조직이라도 되는 것처럼 기분을 내는 거였다.

"말씀하세요."

─대림동 인근에 정체불명의 무리들이 모여들고 있다는 첩보가 입수됐습니다.

벌써?

사이먼 단장 말을 듣는데 참 빨리도 움직인다는 생각이 들 정도로 깜짝 놀랐다.

"그놈들 야쿠자들일 겁니다. 제가 그리 가는 중이니까 만나서 얘기하죠."

─기다리겠습니다.

* * *

대림동까지는 지하철로 움직였다.

서울에서는 가급적 장비를 움직이지 않았는데 도심이 워낙 복잡해서 드론이나 까막수리가 노출될 염려가 있어서다. 물론 들키지 않을 자신은 있었지만 이게 마음이

편해서 그러는 거였다.

소피는 수행비서라도 둬서 차를 가지고 다니라고 하지만 난 혼자가 편했다.

2호선을 타고 대림역까지 이동한 나는 지하철역에서 10분쯤 걸어서 이동하는데 거리에서 우연히 일본말을 주고받는 두 사람을 발견했다.

문신에 험한 인상까지.

저놈들, 야쿠자다.

'길 가다가 이렇게 야쿠자를 만날 정도면 대림동을 치기라도 할 생각인가?'

어쩌면 그럴지도 모른다는 생각이 들었다.

쓰가루와 모종의 거래가 있었을 거라고 생각한다면 정당성을 확보하기 위해서라도 후지타란 놈이 나설 가능성을 배제하기 어렵다.

'어디로 가는지 볼까?'

사이면 단장에게 가다 말고 놈들을 추적해 보기로 했다.

서울의 밤은 알게 모르게 대림동에서 장악하고 있다는 걸 모르는 양아치들은 없다.

저놈들이 야쿠자라면 정보 파악을 위해서라도 건들거리기 좋아하는 양아치들부터 조졌을 것이다.

그러니 쓰가루와의 일도 있고 해서 놈들 타깃은 자연히 대림동으로 정해졌을 것이다.

놈들을 따라가는데 대림 2동과 3동을 가르는 4차선 도로를 쭉 따라 걷다가 6차선 큰 도로를 만나더니 대림 3동 동사무소 바로 옆 왼쪽 건물로 쏙 들어갔다.

"여긴가?"

고개를 들어 어떤 건물인가 봤더니 2층에 대림 캐피탈이라는 대부업체가 보였다.

캐피탈이라고 해서 3금융권으로 볼 수 있지만 이런 경우 보통은 사채꾼이 추심꾼 몇 명 데리고 차린 사채 사무실이 확실했다.

따라 들어가려다가 1층에 자리 잡은 분식집으로 들어가서 김밥이랑 라면을 시키고는 서빙하는 아줌마에게 슬쩍 물어보았다.

"2층에 캐피탈 사무실이 있던데 오래된 곳인가요?"

"오래되긴요. 얼마 전에 들어왔어요. 이제 한 2주쯤 됐나?"

"돈 빌리러 오는 사람들 많던가요?"

"잘 모르겠는데 하도 무서운 놈들이더라고… 혹시나 돈 빌리러 갈 생각이라면 다른 데 가 봐요."

"왜 그러세요?"

"며칠 전에 하도 쿵쾅거려서 내가 올라가서 한마디 하려고 했는데 한 사람이 여러 사람 쭉 세워놓고 막 때리고 있지 뭐겠어요."

"무서운 놈들이네요."

"내 말이……."

크로우 용병단이 자리 잡은 차이나타운과는 걸어서 15분이 넘는 거리다.

이젠 차이나타운이 아니라 백인들이 많다고 양키타운이라고 불리기도 하는데 아직은 섞여서 쓰이고 있었다.

* * *

분식집에서 나온 뒤에는 2층으로 올라가서 한바탕하려다가 이런 일까지 내가 나설 필요는 없다고 생각해서 일단 사이먼 단장이 있는 곳으로 이동했다.

"그렇게 단속하는데도 또 생긴 모양이군요."

사채 사무실이 생겼다고 했더니 사이먼 단장이 하는 소리다.

"그놈들 야쿠자들입니다."

"야쿠자요?"

"네. 쓰가루 오야붕이 독살당하고 나서 한국 사업을 맡고 있는 계파 보스가 차기 오야붕으로 추대될 가능성이 높다고 하더군요."

"그럼 쓰가루 오야붕이 약속했던 인수인계는 의미가 없겠군요."

"그렇다고 봐야 할 겁니다."

"그런데 왜 하필 대림동에 사채 사무실을 낸 걸까요?"

"제가 볼 땐 놈들이 단장님을 노리는 듯합니다."

가능성에 대해서 생각해 볼 만도 한데 전혀 의외라는 표정이다.

쓰가루 오야붕이 죽었으니 이전까지 협의는 무용지물이라 놈들 사업장을 감시할 필요가 있는데도 너무 쉽게 생각하는 것은 아닐까?

"오히려 바라는 바입니다."

"왜 그렇게 생각하십니까?"

"평화가 길면 내부에 균열이 생기기 마련입니다. 차라리 놈들이 저를 노린다면 우리 크로우 용병단을 노리는 것과 같으니 단결해서 물리치면 그만입니다. 덕분에 한동안 이탈하는 단원은 없을 겁니다."

"용병과는 사뭇 성격이 다른 일이라 인력관리가 어렵습니까?"

"체질 개선은 끝나서 꼭 그렇지만은 않지만, 정체성을 헷갈려 하는 단원이 더러 있기는 합니다."

"복지를 확실히 해서라도 이탈하는 단원은 없게 하세요. 자칫 크로우 용병단 약점을 이용하려 한다면 상황이 복잡해집니다."

"알겠습니다, 보스."

"유혈 사태가 벌어질 수도 있으니 선제공격을 가해서라도 싹을 잘라 놓으세요. 놈들은 공권력 따위는 무서워하지도 않을 겁니다."

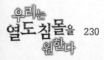

"저희에겐 K5A2(전기충격권총)가 있으니 너무 걱정하지 마십시오. 보스!"

K5A2는 합법적인 경호 무기로 허가를 받았다.

이건 외부에 판매하지 않고 용병단 전용으로만 사용하기 때문에 야쿠자 놈들에게는 치명적인 무기가 될 수 있었다.

"방심은 금물입니다. 그리고 말이 나왔으니 말인데 놈들 기반이 주로 부산이던데 그쪽으로 보낼 단원을 선발해주세요."

"한국 내에 들어와 있는 야쿠자 세력과 전면전이군요."

"놈들이 범죄 집단이란 걸 강조해야 합니다. 가능하면 공권력과 협조해서 진행하세요. 그래야 잡음이 적을 겁니다."

"그렇게 하겠습니다. 보스!"

공은 경찰에게 돌리고 우리는 실리만 챙기면 된다.

단원들이 용병이 된 것은 훈장을 받기 위해서가 아니라 많은 돈을 벌기 위해서니까.

대림동을 맡겼을 때 언젠간 이런 날이 올 거란 생각은 했었는데 대원들을 부산까지 보낼 줄은 몰랐다.

판이 점점 더 커지는데 이왕 나선 김에 전국 조직을 모두 흡수해야 할지도 모르겠다.

그래서 사이먼 단장에게만 맡겨둘 게 아니란 생각에 아

프리카에 나가 있는 알파 팀을 소환했다.

알파 팀은 그동안 아프리카 전역을 돌아다니면서 중국과 일본 기업이 가진 광산을 망가트리고 다녔다.

지역 반군을 부추겨서 공격하게 만드는가 하면 운송을 방해하고 심지어 기반 시설파괴까지 망설이지 않았다.

"얼마 만에 귀국한 거죠?"

"네. 1년 전 휴가 때 잠깐 들어왔다가 어제 들어온 겁니다."

알파팀 팀장 고민준과 따로 만났다.

"부산은 처음인가요?"

"어렸을 때 가족 여행으로 와본 적은 있는데 자갈치 시장은 처음입니다."

자갈치 시장인데 회를 먹고 싶어 할 것 같아서 선택한 곳이다.

아프리카에서는 절대 맛보지 못할 음식 중 하나가 바로 회다.

"저도 자갈치 시장은 처음인데 회가 싱싱하다고 해서 와본 겁니다. 가시죠."

"네. 대표님!"

우리는 수족관을 유영하는 참돔이 싱싱해 보이는 횟집으로 들어가 자리를 잡았다.

참돔 회를 주문하고 나서 가져온 자료를 고민준 팀장에게 건넸고, 고 팀장이 자료를 보는 동안 내가 회를 먹고

내가 추가 설명을 할 때 고 팀장이 회를 섭렵했다.

"저희가 할 일은 야쿠자 조직과 유착한 경찰과 공무원들을 솎아내는 거군요."

"간단하게 생각하면 그렇습니다. 자리 잡은 지 시간이 꽤 지났으니 제법 뿌리가 깊을 겁니다."

"알겠습니다."

"도움이 필요하면 언제든 연락하세요."

"그리하겠습니다."

내가 하는 말이라 그러겠다고는 하지만 고 팀장은 알파팀 자원으로만 해낼 것이다.

알파팀은 4명이지만 그들을 지원하는 별도의 팀이 존재해서 필요한 것은 그들에게서 도움을 받을 것이다. 이건 알파팀이 내게 의존해서는 알파팀으로 불릴 수 없다는 암묵적인 룰 때문이다. 필요하면 팀을 보강할지언정 내게 도움을 요청하지는 않을 거라는 뜻이다. 특히나 야쿠자 같은 폭력 조직을 상대하는 일에는 더욱더 그렇다.

조사 결과 야마구찌 구미 소속의 야쿠자 조직은 부산 남포동을 주 무대로 활동하는 구룡파와 한 몸이나 마찬가지라고 했다.

구룡파와 야쿠자가 한 몸처럼 사업을 하는데 주요 사업은 사채와 마약 판매 그리고 유흥업소를 운영하면서 주류사업도 규모가 상당했다.

알파팀이 움직이는 이상 내가 해줄 만한 일은 수리를

통해 놈들과 관련된 계좌를 털어내는 일이다. 그런데 이 과정에서 알게 된 사실인데 매달 구룡파에서 일본으로 보내는 돈이 자그마치 평균 50억이 넘었다. 매달 50억이 넘게 일본으로 건너가니까 연간 600억이 넘는 돈이 넘어가는 거다. 이것도 구룡파와 야쿠자 조직이 나눠 먹는 돈이니 얼마나 많은 수익을 거두어들이는지 놀랍기만 했다.

—백호님. 계좌 정리가 끝났습니다. 이번엔 어디로 보낼까요?

"이건 아프리카로 보내자. 보사소에 페이퍼 컴퍼니 하나 만들어서 유럽 여러 나라에서 식량을 사들이는 것으로 하자."

—바로 처리하겠습니다만 한 가지 문제가 있습니다.

"뭐지?"

—구룡파 조직이 거래하는 주거래 은행이 신호 저축은행인데 이 저축은행 대주주가 일본인입니다.

"신호 저축은행이 야쿠자 조직이 만들어낸 저축은행이라는 건가?"

—그렇습니다. 신호(神戸)를 일본말로 발음하면 고베가 되는데 야마구찌 구미 본부가 고베시에 있습니다.

"쓰가루 오야붕은 도쿄에 있었는데 본부가 고베시라고?"

—네. 야마구찌 구미가 탄생한 곳이 고베시입니다.

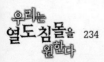

결국 야쿠자 조직 돈을 들여와서 신호 저축은행을 만들었고, 구룡파는 신호 저축은행을 통해 돈세탁해서 일본으로 보내는 거였다.

반대로 일본에서 들여오는 돈도 신호 저축은행을 통해 세탁되어서 구룡파로 들어가는 등, 지들끼리 아삼륙이 되어서 다 해 먹고 있는 거였다.

"그럼 신호 저축은행 전부를 털어야 타격이 된다는 건가?"

―지역 상인들도 이용하는 곳이라 문 닫게 되면 피해가 적지 않을 겁니다.

"난감하군."

문을 닫더라도 도와줄 수는 있는데 내가 나서게 되면 야쿠자와 구룡파가 나를 타깃으로 골치 아프게 공격해 댈 것이다.

막아내고 응징할 자신은 있었지만 내 주변 사람이 다칠 수도 있어서 자신감으로 해결될 일은 아니다.

신호 저축은행이 일본 계열이면 타격이 심할 경우 은행을 폐쇄할 가능성을 배제하기 어려웠다.

내가 난감하다고 말한 이유가 바로 그것이다.

―대리인을 내세워 신호 저축은행을 매입하는 방법도 있습니다.

"대리인?"

―네. 우선 다른 저축은행 하나를 인수한 다음, 그 저축

은행을 통해 신호 저축은행을 매입하는 겁니다. 물론 그
전에 신호 저축은행에 타격을 줘야 할 겁니다.

"지금으로선 그게 최선이긴 하겠어. 고마워 수리야!"

ㅡ아닙니다. 백호님.

*　*　*

부산은 거제와 가깝다.

수리가 추천한 대로 대리인을 내세우기 위해서 WT조
선소 주거래 은행을 찾아갔다.

WT조선소 주거래 은행인 시티즌 은행 거제도 지점은
한국 전체를 상대로 하는 서울 지점과 맞먹을 정도의 규
모로 다른 은행에 비해서는 압도적인 규모를 자랑했다.

그곳의 지점장 데이비드 메켄지는 내가 나타났다는 소
리에 후다닥 뛰어나왔다.

"처음 뵙겠습니다. 지점장 데이비드 메켄지입니다."

이 양반은 거제 지점이 갈수록 규모가 커지자 미국 본
사에서 보냈단다.

"강백호라고 합니다."

"거제도 재신을 이렇게 뵙게 되는군요. 반갑습니다. 강
대표님."

"헛소문일 뿐입니다."

"하하하, 아닙니다. 대표님 덕분에 작은 가게들이 중소

기업으로 성장한 사례가 한둘이 아닙니다."

전해 듣기는 했다.

조선소랑 거래하기 시작한 작은 가게들이 규모가 커지면서 중소기업으로 성장했다는 거다.

쉽게 말해서 나 때문에 돈벼락 맞은 상인들이 제법 된다는 것이다.

"부탁이 있어서 왔는데 어떨지 모르겠습니다."

"뭐든 말씀해 주십시오."

시티즌 은행 입장에서는 WT조선소를 절대 놓쳐서는 안 되는 거래처다.

그러니 내가 부탁이 있다고 하니 오히려 반기는 눈치다.

"부산에 신호 저축은행이라고 있는데……."

"그곳을 인수해달라는 말씀이시군요."

"판은 제가 깔 겁니다. 조만간 신호 저축은행이 흔들릴 겁니다. 그럼 자연스럽게 접근해서 그 저축은행을 인수하면 될 겁니다."

"그런 일이라면 오히려 반길 만한 일이군요."

흔들리는 저축은행을 인수하는 일이 쉬울 수 있다.

하지만 신호 저축은행은 야쿠자가 만든 은행이란 것이 문제였다.

"문제가 있습니다."

"문제라면 어떤?"

"그 저축은행은 일본 폭력 조직이 만든 저축은행입니다."

"엉뚱한 일에 휘말릴 수 있다는 뜻이군요."

자칫 시티즌 은행이 복수의 대상이 될 수도 있다는 뜻이다.

하지만 내가 부탁하는 거라 쉽게 거절하기도 힘들었다.

"어쩌면 반길지도 모릅니다. 손해를 보기 싫어하는 놈들이니 충분한 인수 금액을 제시하면 얼씨구나 하고 넘기려고 할 겁니다. 시티즌 은행이 손해 본다면 제가 보전해드리겠습니다."

"그렇다면 무조건해야죠. 일단 본사 허락을 받은 다음 바로 진행하겠습니다."

"후회하진 않을 겁니다."

"그러길 바랍니다."

메켄지 지점장을 만난 뒤에는 수리가 신호 저축은행 구룡파 계좌를 털어서 수천 개로 쪼갠 다음에 여러 경로를 거쳐서 보사소로 모이게 했다.

아이러니한 것은 그 돈을 집결시킨 은행도 보사소에 진출한 시티즌 은행이란 것이다.

시티즌 은행에 거제 조선소만 중요한 것은 아니다.

미국에 자리 잡은 법인들도 시티즌 은행과는 불가분의 관계라서 내 부탁을 마다하지 않았다.

* * *

"안녕하세요, 김 이사님."

"잘 지냈어요?"

"네, 이사님."

구룡파 회계를 담당하는 김선재가 신호 저축은행을 방문했다.

돈 보낼 곳에 보내고 받은 내역을 정리하기 위해서인데 통장 정리도 하고 금고에 별도로 보관 중인 현금이 이상 없는지도 확인하기 위해서다.

신호 저축은행에 보관 중인 현금만 천억 원이 넘는데 이건 은행과는 별도로 장소만 빌리는 거였다.

그래서 돈을 묶은 띠지도 붉은색으로 해서 행원들이 건드리지 못하도록 관리하고 있었다.

"우선 금고부터 볼까요?"

"행장님 모셔 올까요?"

"아니에요. 금고 확인하고 행장실로 가죠."

"네, 이사님."

무표정이던 김선재는 금고가 이상 없는지 확인하고 만족스러운 얼굴로 변했다.

행장실에는 머리가 반쯤 벗겨지고 하관이 두꺼운 강한 인상을 하고 있는 행장이 기다리고 있었다.

"어서 오십시오. 김 이사님!"

"행장님은 변함없으시네요."

"저야 뭐, 늘 그렇죠. 하하하!"

"계좌부터 정리하겠습니다."

"네, 김 이사님!"

김선재와 관련된 정리는 행장이 직접 할 정도로 특별 관리하기에 이 순간만큼은 행장실이 금역으로 변한다.

한참 모니터를 보던 양현성 행장은 답답한지 키보드만 탁탁 두들겼다.

"이게 왜 이러지?"

"뭐가 이상합니까?"

"네. 전산에 이상이 생긴 것 같아서요. 잠시만 기다리시죠."

행장은 구룡파와 관련된 수십 개의 계좌가 모두 0으로 나오자 전산에 문제가 생긴 줄 알았다.

그래서 전산실로 가서 전산팀장에게 확인해봤는데 이상한 것이 아니라 해킹에 의해 돈이 빠져나간 걸 알게 되었다.

후다닥!

"김 이사님! 큰일 났습니다."

"무슨 일인데 그러세요?"

"혹시 저 모르게 계좌를 비우셨습니까?"

행장은 차라리 그랬으면 하는 마음에 계좌에 손을 댔는

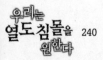

지 확인하는 거다.

"무슨 말씀이세요. 제가 아니면 계좌 건드리는 사람 없다는 거 아시잖아요."

"그, 그렇긴 한데……."

"뭔데요?"

"계좌가 전부 비었습니다."

"……."

지금 행장이 무슨 말을 하는지 이해하기 위해서인지 김선재는 잠시 버퍼링에 걸렸다.

그렇게 3초쯤 지났을까? 두 손으로 얼굴을 덮더니 그대로 쓸어내렸다.

"기… 김 이사님!"

"그러니까 지금 우리 ND(Nine Dragon) 관련 계좌가 전부 털렸다는 겁니까?"

"그… 그렇습니다."

"자, 잠시만 기다려 보세요."

김선재는 혹시나 몰라서 보스인 황일룡에게 전화해서 자기 모르게 계좌를 정리했는지 확인했다.

―지금 무슨 소리를 하는 거야?

"이쪽으로 직원들 좀 보내셔야겠습니다."

―계좌에 문제가 생긴 거야?

"네, 사장님."

―무슨 일이 일어나고 있는 거야?

부산을 주름잡는 구룡파에 한바탕 광풍이 불기 시작했다. 보스 황일룡이 보낸 조직원들이 행장 양현성과 전산팀장을 붙잡아갔고, 전면적인 자체 감사가 시작되었다.

"그러니까 우리 계좌에 든 돈만 싹 사라졌다는 거지?"

"네, 사장님."

"양 행장은 족쳐봤어?"

"손가락까지 잘라 봤는데 아는 것이 없어 보입니다."

"전산팀장은?"

"그쪽도 마찬가집니다. 자기 평생에 이런 방법으로 해킹 당했다는 소리도 들어보지 못했는데 놀랍다고만 하더군요."

"전산팀장이 그리 말할 정도면 해커 중에서도 최고가 붙었겠군."

"그리 예상됩니다."

"해커란 해커는 전부 잡아들여."

"네. 사장님!"

일이 엉뚱하게 번지기 시작했다.

다른 계좌는 이상이 없는데 구룡파 관련 계좌만 털린 것을 확인하고는 해커 짓이라고 생각한 거다. 더불어 예하 조직들이 반란을 일으키려고 술수를 부린 건 아닌지 전수 조사에도 들어갔으나 뭐 하나 잡히는 것이 없었다.

애꿎은 해커 몇 명만 곤욕을 치렀는데 정작 실력 있는 해커들에겐 접근조차 하지 못했다.

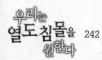

그렇게 쉬쉬하면서 사태를 수습하려는데 신호 저축은행 전산 시스템이 해킹당해 돈이 사라졌다는 소문이 퍼지기 시작했다.

문을 열기 전부터 줄을 서 있더니 셔터가 올라가자마자 지역 상인들이 들이닥쳐서는 계좌에 든 돈을 모조리 다른 은행으로 옮기거나 현금으로 빼달라고 요구한 것이다.

"행장님. 이거 어쩌죠?"

"어쩌긴 문 닫아야지. 빨리 셔터 내려."

"네?"

"뭐 하고 있어. 빨리 시키는 대로 해."

약지 한 마디가 잘린 양현성 행장도 독기밖에 남지 않았다. 이대로라면 오전이 가기도 전에 은행 돈이 바닥날 것이 뻔해서 빨리 셔터를 내리라고 말한 것이다.

신호 저축은행에 이른바 뱅크런이 일어난 것이다. 예금이 빠르게 줄기 시작하더니 바닥을 보일 때쯤 은행 셔터가 내려가고 구룡파 조직원들이 달려와서 사람들을 은행 밖으로 몰아냈다.

급기야 경찰까지 동원되더니 부산에 진출해 있는 각종 언론사들이 달려들기 시작했다. 그런데 얼마나 돈을 처발랐는지 신호 저축은행이 일본 자금이 투자된 저축은행이고 야쿠자와 구룡파라는 폭력 조직이 연루됐다는 사실은 기사 한 줄 나오지 않았다.

                                    * * *

　뱅크런까지 일어난 신호 저축은행은 엄청난 자금을 수
혈하지 않은 이상 살아남기 어렵게 됐다.
　"일이 이렇게 되다니 죄송하게 됐습니다."
　"금고에 보관 중이던 현금은 옮겼습니까?"
　"네. 뱅크런이 일어나기 전에 옮겼으니까 문제없을 겁
니다."
　"그나마 다행이군요."
　구룡파 보스인 황일룡과 야마구찌 구미 차기 오야붕으
로 내정된 것이나 마찬가지인 후지타의 오른팔 나카자
마가 은밀한 자리를 가지는 중이다.
　"은행은 살려야 하지 않겠습니까?"
　"뿌리가 썩은 나무는 잘라내야 합니다. 거길 살리느니
차라리 새로 만드는 것이 나을 겁니다. 헐값이라도 좋으
니 처분하세요."
　"오야붕 뜻입니까?"
　"이렇게 사소한 일까지 보고하지는 않습니다."
　"아, 그렇군요."
　"당장 법인 설립하고 거기서 빼낸 현금으로 새로운 저
축은행을 만드세요."
　"하지만 그 현금은 비상금이나 마찬가진데……."

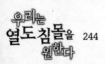

조직이라고 해서 돈이 급하지 말란 법은 없다.

말하자면 급하게 욕심나는 매물이 나온다면 그 돈으로 해결하고 다시 채워놓는 식인데 그걸 싹 비워서라도 새로운 저축은행을 만들자는 것이다.

"비축 현금을 사용하는 것은 마음에 들지 않지만 새로운 저축은행을 만드는 일에는 찬성합니다."

"다 좋은데 범인은 잡아야 하지 않겠습니까?"

"그게 저희도 노력은 하고 있는데 꼬리가 잡히질 않아서 고민입니다."

"…으음. 그럼 저희 쪽에서 전산 전문가를 하나 데려오겠습니다."

"전문가요?"

이걸 반가워해야 하는지 말려야 하는지 살짝 애매했다.

하지만 나카지마가 하겠다면 말릴 방법은 없어서 받아들였다.

나카지마를 만나고 며칠 뒤 저축은행 정리를 서두르는데 아직 붕대를 풀지 못한 양현성이 찾아왔다.

"사장님! 꼭 죽으란 법은 없는 모양입니다."

"그게 무슨 소리야?"

"신호 저축은행을 매입하겠다는 곳이 나타났습니다."

"그래?"

"네. 그것도 그냥 은행이 아니라 시티즌 은행입니다.

헤헤헤!"

양현성은 좋다고 웃었다.

손가락까지 잘린 마당에 뭐가 그리 좋을까 싶지만 구룡파를 절대 벗어날 수 없다는 자기 운명을 알기 때문에 이렇게라도 하는 거다.

"시티즌 은행이 신호 저축은행을 매입하겠다고?"

"네. 사장님!"

"뿌리가 다 썩은 마당에 걔네들이 뭐 볼 것이 있다고 신호 저축은행을 매입하겠다는 거지?"

"그게 무슨 상관입니까? 산다고 할 때 적당히 팔아넘기면 그만이죠."

"그건 그런데 뭔가 좀 찝찝하단 말이야."

"그럼 미룰까요?"

"…으음, 아니야. 우리야 조금이라고 건지면 다행이지. 대신 뒤에 뭐가 있는지는 알아봐야겠어. 내 말 무슨 말인지 알지?"

"네. 사장님!"

그들이 뭘 알아본다고 해서 알아낼 수 있는 것은 없었다.

부산에만 세 곳의 지점을 둔 신호 저축은행은 단돈 30억에 시티즌 은행에 매각되었다.

유관기관도 망하는 것보다는 살리겠다는 곳이 있으니 해당 업무를 일사천리로 도와주었다.

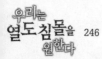

* * *

"부탁하신 일이라 하기는 했는데 피해 금액만 수백억
이 넘습니다. 괜찮겠습니까?"

"메킨지 지점장님. 한국 속담에 돈은 있다가도 없고 없
다가도 있다고 했습니다. 그깟 수백억쯤이야 제겐 아무
것도 아닙니다."

"강 대표님은 정말 특이하시네요."

"제가요?"

"제가 한국에 있다 보니 들은 얘기들이 있는데 보통은
있는 사람들이 돈을 더 밝힌다고 하더군요. 그런데 강 대
표님은 욕심이 없어 보이셔서 말입니다."

"하하하, 그건 오해십니다. 제가 돈 욕심은 없어도 다
른 욕심은 아주 많거든요."

"다른 욕심이요?"

내가 무슨 말을 하는지 언뜻 이해하기 어렵다는 표정이
다.

거제도에서 1년쯤 지낸 메켄지로서는 아직은 한국 문
화를 전부 이해하기 어려울 것이다.

그래서 내가 무슨 말을 하는지 이해하기 어려운 것이
다.

"한국인이라면 느끼는 정서가 있습니다."

"정(情)을 말씀하시는 겁니까?"

"정(情) 말고도 하나가 더 있죠. 한(恨)이라고……."

"한이요?"

"네. 딱히 뭐라고 설명하기 어려운데 한국 사람을 조금 더 만나보면 자연스럽게 알게 되실 겁니다."

저축은행 인수하고 피해자를 구제하는데 한(恨)이란 감정이 어울릴까 싶지만 이런 일을 하게 된 계기가 있으니 당장은 이해하기 어려워도 차차 알게 될 것이다.

"궁금하군요. 그게 어떤 감정일지."

"알고 싶으시면 더 많은 한국 사람을 만나보세요."

"그렇게 하겠습니다."

"그럼 앞으로도 잘 부탁드립니다."

"물론입니다. 대표님, 그런데 한 가지 첩보가 입수됐습니다."

"네. 말씀하세요."

"양 행장이 또 다른 저축은행을 설립 중이라더군요."

메켄지 지점장이 어떻게 알아냈는지 몰라도 구룡파가 신호 저축은행을 매각해버리고 다른 저축은행을 만든다는 것을 알려주었다.

그러나 이미 알고 있는 사실이었다.

그들이 뭘 하고 있는지 이미 속속들이 알고 있어서다.

"그건 제가 처리하죠. 그리고 신호 저축은행은 고객 피해 없이 마무리한 다음에 재단을 만들었으면 합니다."

"어쩐 성격의 재단을 말입니까?"

"불우한 환경에서 지내는 해외 동포를 최대한 많이 한국으로 이주시키는 겁니다. 우선 일본부터 시작하죠."

"일본부터요?"

"재단 일을 열심히 해달라는 의미에서 중요한 정보를 드리죠."

"그게 뭔가요?"

"짧으면 1년 길어도 3년 안에 일본 땅에서 전쟁이 일어날 겁니다. 물론 그 전에 항복한다면 도시가 망가지는 일은 없겠지만요. 이건 극비로 다루어주시고 시티즌 은행이 피해당하는 일은 없었으면 합니다."

자그마치 전쟁이란다.

메킨지 지점장도 한일 관계에 대해선 교육을 받아서 알고 있었다.

그래도 오랜 시간이 지났는데 지금에 와서 모든 것을 파괴할지도 모를 전쟁을 일으킬 정도인지는 의문이 들었다.

"소문만 무성해서 설마 전쟁이 일어날까, 하던데 그게 아니었군요."

"네. 전쟁은 반드시 일어납니다. 지금 밟아 놓지 않으면 일본은 한국뿐만 아니라 아시아를 전부 망쳐 놓을 테니까요."

"…으음. 정보 감사합니다. 아무래도 제가 본사에 다녀

와야 할 것 같습니다.”

“중요한 일이니 당연히 그래야죠.”

일본은 세계에서도 손꼽히는 경제 대국이다. 당연히 시티즌 은행도 여러 분야에 많은 돈을 들여 사업을 하고 있었다. 금융 사업 이외에도 부동산 등 투자와 관련된 많은 일들 말이다. 그런데 전쟁이 일어난다면 모든 것을 잃어버릴 수 있는 일이라 이건 아주 중요한 정보였다.

“감사합니다. 대표님.”

“별말씀을요. 대신 재단은 진심으로 운영하셔야 할 겁니다.”

“물론입니다.”

* * *

내가 메켄지 지점장과 저녁을 먹는 사이 부산 남포동 유흥가 일대에서는 대대적인 단속이 실행되고 있었다.

“어라? 이분 미성년자시네요?”

“아닙니다. 제가 신분증 확인까지 다하고 채용했는데 무슨 말씀이십니까?”

“아가씨! 저 사람 말 맞아요?”

“네. 제가 속였어요.”

“그럼 이 주민증 어디서 났어요?”

주민증 생년월일로 확인해보면 21살인데 지문 조회를

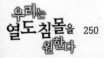

해보니 아직 열아홉이라 미성년자였다.

아직 사회적으로 미성숙했던 시기였어도 접대부가 나오는 유흥업소에서 미성년자에게 일을 시키는 행위는 영업정지를 먹일 수도 있고 죄질에 따라서 심하게는 폐업을 시킬 수도 있었다.

"그거 30만 원만 주면 만들어 줘요."

"어디서?"

"네?"

어디서 만들었냐고 하니까 심하게 떨면서 같이 잡혀 온 사장을 쳐다본다.

이런 경우를 대비해서 입을 맞춰 놓기는 했는데 신분증까지는 어떻게 하자고 하진 못했던 것이다.

"왜 사장을 보는데?"

"그. 그게 아니라…….."

"설마 사장이 만들어 준 거야? 똑바로 말해. 신분증 위조로 교도소 가고 싶어?"

"사… 사장님이 만들어 준 거예요."

대대적인 단속을 실시한 이유가 바로 이런 점 때문이다. 부패 경찰들이 단속 일정을 알려주는데 오늘따라 전화 한 통 없어서 구룡파가 관리하는 업소들 피해가 이만저만 아니다.

황일룡은 당연하게도 뇌물 먹인 경찰 윗대가리에게 전화를 걸 수밖에 없었다.

"박 서장! 정말 이럴 거야?"

―내가 뭘 어쨌다고 이러는 겁니까?

"뭐긴, 단속 말하는 거지. 누가 단속하지 말래? 미리 말이라도 해줬으면 부드럽게 넘어갔을 거 아니냐고."

―무슨 소리를 하는지 모르겠는데 이거 간단히 끝날 일 아닙니다. 그러니까 황 사장님도 몸 사리시고 다시는 전화하지 마세요. 이러다 다 죽습니다.

"다 죽는다고?"

―네. 전 분명 경고했습니다.

"자세히 말해봐. 지금까지 당신 목구멍으로 처넣은 돈이 얼만데 이런 식으로 빠져나가겠다는 거야?"

―거물이 붙었습니다. 나뿐만 아니라 황 사장님 같은 부류는 절대 이길 수 없는 거물이에요. 그러니까 당분간 쥐 죽은 듯이 지내시는 것이 좋을 겁니다.

뇌물 때문에 운신이 자유롭지 못해서 늘 하라는 대로 하는 경찰 서장이 이렇게 나온다는 건 분명 심각한 문제가 있는 것이다.

그렇다고 '네. 알겠습니다.' 하고 물러날 수는 없는 일이다.

"그렇게만 말하면 나더러 어쩌라고."

―제가 말할 수 있는 건 여기까지입니다.

"이봐. 정말 이럴 거야? 당신 가족들 무사할 거 같아?"

―황 사장님. 쥐도 궁지에 몰리면 고양이를 무는 법입

니다. 제가 지금 그런 상황이니까 후회할 일은 서로 만들지 맙시다. 우린 그냥 깔끔하게 헤어지면 됩니다. 그동안 제가 들인 돈이 아깝다면 돌려 드리죠.

"그 정도라고?"

—그 정도가 아니라 훨씬 더 심각합니다. 아무튼 전 경고했습니다. 이것이 마지막 전화였으면 합니다.

여차하면 구룡파 조직원들을 모조리 잡아들여야 할 판이다. 이미 자신을 비롯해서 구룡파와 관련된 모든 일을 알고 있어서 꿈틀거릴 여유조차 없었다.

"우리가 누군지 모르는 모양인데 우리 뒤에 누가 있는지 몰라?"

—그래서 나도 이 정도만 하는 겁니다. 아니었다면 황 사장님도 이미 체포했을 겁니다. 증거는 차고 넘치니까.

"…으음. 일단 알겠소."

—일단이고 이단이고 더 이상은 연락하지 마세요. 그럼 전화 끊습니다.

알파팀은 조직 폭력배와 경찰 그리고 각종 인허가 과정에서 혜택을 준 시 공무원들까지 모조리 파악해 내서 구룡파와 거리를 두게 만들었다. 그리고 사회적으로 매장시키는 대신에 그동안 받아먹었던 돈은 좋은 일에 기부하는 형태로 토해내도록 만들었다.

손발 잘라 놓고 나서는 알파팀은 빠지고 크로우 용병단이 대거 부산으로 내려와서 구룡파 아지트를 급습했다.

크로우 용병단이 부산을 접수하는 동안 야쿠자가 구룡파를 지원하는 일이 없도록 하는 일도 중요해서 나는 차기 오야붕으로 가장 유력한 후지타 아이치를 제거했다.

부산에 나와 있었던 나카지마는 후지타가 실종됐다는 소식을 듣고는 지금 부산이 어찌 되는 것이 중요한 것이 아니라는 생각에 당장 일본으로 돌아갔다. 주요 사업장을 운용하는 부하들을 제외하면 실력 좋은 조직원들은 모두 데리고 가서 크로우 용병단을 상대하는 구룡파를 지원해줄 배후가 사라진 것이다.

친위 쿠데타

　부산에서 활동하는 조직 폭력배를 제거하느라 배후가
되는 야마구찌 구미를 흔들었더니 희한하게도 모리 총
리가 총리직을 내놓았다. 그러더니 느닷없이 해상 자위
대 막료장 출신 정치인 스즈키 료타로가 차기 총리에 선
임되었다.
　모리 총리 지지율이 바닥인데다 연일 사건 사고가 끊이
질 않으니 어떻게 보면 오래 버틴 거였다.
　결정적으로 오키나와 독립 시위와 야스쿠니 신사 미사
일 사건이 하야하는데 8할 이상 차지했다고 봐도 무방했
다.

스즈키 총리는 부임하자마자 정해진 수순으로 내각을 교체했는데 놀랍게도 대부분 해상자위대 출신 장성들을 등용해서 정치권을 놀라게 만들었다. 내각을 정리한 스즈키 총리에게 가장 급한 사안은 오키나와 독립 시위를 진압하는 거였다.

그리고 오키나와에 주둔 중인 미군 3분의 1이 필리핀과 괌으로 재편되면서 첨단 무기를 제외한 재래식 무기 대부분을 일본 정부에 헐값으로 넘기겠다는 의사를 전달했다.

그런데 여기서 문제가 발생했다.

일본 입장에서는 최대한 철수를 늦춰야 하는 판국이고 부담되지 않는 금액이라 쉽게 협상이 이루어졌다.

그런데 미군이 철수하는 과정에서 기지가 비어 있다는 것을 확인한 오키나와 독립연맹이 잽싸게 가네나 기지를 차지해버린 것이다.

공군 병력이다 보니 가장 먼저 철수를 감행한 것인데 총리가 교체되는 등 어수선한 틈을 타서 독립연맹이 일을 저질러 버린 것이다.

"정말 이래도 괜찮은 겁니까?"

"문제 될 건 없습니다."

"총리가 해군 자위대 막료장 출신이라고 하던데 미사일이라도 쏠까 봐 걱정입니다."

"미사일 쏠 일도 없겠지만 설사 쏜다고 해도 절대 이곳

에 떨어지는 일은 없을 겁니다."

"그게 무슨 뜻입니까?"

"어떤 미사일이 날아와도 방어가 된다는 뜻입니다."

"기지 내에 있었던 첨단 무기는 전부 미군이 가져갔다고 들었는데 미사일 막아낼 수단이 있습니까?"

"미사일을 막을 수단은 바다에 있으니까 걱정 마세요."

만약을 위해 아테나급 구축함이 오키나와 근해에 정박 중이다.

태풍이 오지 않는 그 자리에서 대기할 예정이고 식량 보급은 보급선이 따로 왕복하면서 보급할 예정이다.

"그렇다면 다행입니다만……."

독립 시위 때는 전사가 따로 없더니 지금은 미사일이 날아올까 봐 걱정이 많아 보인다.

나야 확신이 있으니 안심하고 있지만 토가와 의장 입장에서 생각하면 충분히 이해할 수 있는 상황이긴 했다.

"미군이 철수 중이긴 해도 아직 남아 있으니 함부로 공격해 오진 않을 겁니다. 만약 공격해 온다면 저희에겐 오히려 기회가 될 겁니다."

"정말 그럴까요?"

"지금까지 절 믿으셨으니 앞으로도 믿어 보세요."

"알겠습니다. 그나저나 야마오카 총리는 믿어도 되겠습니까?"

토가와 의장이 야마오카를 현지사가 아니라 총리로 부르는 이유는 오키나와 독립연맹이 류큐 독립을 선언하고 임시 정부를 수립했기 때문이다.

명목상 임시 정부 청사가 가데나 기지 내부였다.

"욕심이 많은 사람이지만 겁도 많은 사람입니다. 제가 확실하게 통제할 생각이니까 걱정 말고 뜻을 펼쳐 보십시오."

"저 또한 약속을 지켜야 한다는 뜻이겠죠?"

"그야 물론 아니겠습니까?"

순간 토가와 의장 얼굴에 긴장이 흐르는 것이 느껴졌다.

임시정부를 수립했으니 토가와 의장은 곧 대통령에 취임할 것이다.

그렇게 되면 한국과 미국을 비롯해 MU—7 회원국들이 제일 먼저 지지 성명을 발표하도록 약속돼 있었다.

그런데 여기서 토가와 의장이 욕심을 부려서 계획에 어긋나는 짓을 한다?

그 이후는 나도 장담할 수 없는 일이다.

"한 가지 이상한 것은 끝끝내 버티던 모리 총리가 왜 갑자기 하야했을까요?"

토가와 의장도 궁금했던 모양인데 궁금한 건 나도 마찬가지였다.

지지율이 바닥이고 미군이 철수한다고 해도 버텼던 모

리 총리다.

그런데 갑자기?

솔직히 난 다른 사람들과는 다른 의문을 가지고 있었다.

하필이면 쓰가루 오야붕이 사망하고 차기 오야붕으로 예상되던 후지타가 실종되자마자 모리 총리가 사의를 표명했다는 것이 이상하게 느껴졌다.

야쿠자와 정치권이 유착돼 있을 거라는 예측은 누구라도 할 수 있는 일이다.

'에이~ 설마. 아니겠지?'

내가 의심하는 건 모리 총리에게 정치 자금을 대주던 인물이 쓰가루 오야붕이 아니었을까? 하는 거다.

내 추측이 맞다면 모리 총리는 쓰가루가 사망하고 후지타와 새로운 협력 관계로 관계 개선을 시도했을 것이다.

그러나 후지타마저 실종되는 사건이 발생하면서 야쿠자가 일대 혼란기에 접어들자 더 이상은 버티기 힘들다고 생각하지 않았을까? 하고 추리해 봤는데 오히려 그게 맞을까 봐 걱정이다. 내가 일본을 싫어한다 해도 나라가 이래선 곤란한 거다.

전국적으로 수십만에 달하는 야쿠자들을 일거에 정리하는 것이 불가능해서 일본 경찰은 그들과 공존을 선택했다.

기형적으로 커져 버린 조직이라 그런지 살기 위해서라

도 정치권에 줄을 대는 건 당연한 행보였고, 그게 고착되다 보니 지도자까지 야쿠자가 주는 정치 자금을 사용해서 자리를 보전하는 거다.

물론 내 추측이 맞다면 그렇다는 거다.

그런데…….

얼마 뒤 새로운 총리가 된 스즈키 료타로 총리가 오야붕으로 내정되었던 후지타의 최측근을 만났다는 것을 수리가 알려주었다.

—백호님. 스즈키와 나카지마가 만났습니다.

"나카지마라면 후지타를 대신해서 한국 사업을 책임진 그놈 아닌가?"

—맞습니다. 그놈입니다.

"그놈이 총리를 만났다는 건 결국 야마구찌 구미와 정치권이 불가분의 관계라는 것이군. 대화 내용은?"

—그건 내부 CCTV가 없어서 불가능했습니다.

두 사람이 만났다는 것을 포착한 것만 해도 대단한 성과였다.

만나지 말아야 할 사이인데 만났다는 건 대화 내용도 대충은 유추할 수 있었다.

후지타 계파가 힘을 쓰던 상황이니 나카지마를 통해 정치 자금을 전달받으려고 했을 것이다.

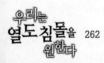

* * *

　내가 오키나와를 다녀오고 며칠 지나지 않아서 총리가
새로 임명한 관방장관이 은밀하게 나카지마를 불러냈
다.

"영전 축하드립니다."

"축하는 무슨… 골치 아파 죽겠소."

"그래도 각하를 지근에서 보필하는 자리가 아니겠습니
까?"

"그건 됐고. 돈은 마련됐소?"

　스즈키가 요구했던 정치 자금은 무려 100억 엔이다.

　한화로 천억이니까 결코 적은 돈이 아니다.

　그러나 후지타까지 실종된 마당에 그만한 돈을 마련하
기란 쉽지 않았다.

"당장 그만한 돈을 마련하기는 어렵습니다."

"각하께서 친히 부탁까지 했는데 거절하겠다는 거
요?"

"거절이 아니라 현실을 말씀드리는 겁니다. 후지타님
이 실종되면서 계파 수장들이 서로 오야붕이 되겠다고
나서면서 일대 혼란에 빠져 있습니다. 이게 정리되지 않
는 한 자금 동원은 어렵습니다."

"좋소. 사실은 그럴까 봐 오늘 만나려고 한 거요."

"그게 무슨 말씀이십니까?"

"당신이 오야붕이 되시오."

"제, 제가 말입니까?"

나카지마는 깜짝 놀랐다.

누구라도 될 수 있는 혼란기라 하여도 오야붕에 도전할 수 있는 급수가 있는 거다.

상황을 이용해서 도전한다 해도 나카지마가 될 가능성은 아주 낮았다.

누가 비웃지나 않으면 다행인데 에구치 관방장관은 자신에게 오야붕이 되라고 종용하고 있었다.

"혼란기라면 누구든 도전할 수 있는 거 아니오?"

"그래도 저는 도전할 자격이 안 됩니다."

"각하께서 후원해 주실 겁니다."

꿀꺽!

침 삼키는 소리가 문밖에까지 들릴 정도로 크게 들렸다.

"진심으로 하는 말씀입니까?"

"물론이오."

"어떻게 도와주시겠다는 건지?"

"먼저 지금부터 내가 하는 말은 절대적으로 비밀을 지켜야 할 것이오."

에구치 장관은 비밀스러운 장소고 도청 장치가 있는지 조사까지 했으니 절대로 밖으로 말이 샐 이유는 없다고

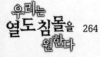

생각했다.

"그야 당연한 거죠."

"그럼 말하겠소. 조만간 친위 쿠데타가 일어날 것이오."

"……."

"놀랐소?"

"아니, 쿠데타라니 그게 무슨 말씀입니까?"

"말 그대로요. 한국이 각종 첨단 무기로 무장하고 날이 갈수록 강해지는데 이대로 가다간 우린 2등 국민으로 밀려나지 않겠소."

에구치 장관이 쏟아내는 말은 실로 놀라웠다.

혐한을 일삼는 우익 단체 회원이 술 한 잔 먹고 당장 한국을 침공해야 한다는 술주정을 하는 것 같았다.

분명 개 풀 뜯어 먹는 소리여야 하는데 에구치 장관은 너무 진지하다.

"그럼 친위 쿠데타를 일으키는 이유가 한국을 치기 위해서란 말입니까?"

"당연한 수순 아니겠소."

"미국이 있는데 그게 되겠습니까?"

미국이 일본보다 한국 손을 들어준 지 오래라는 건 정치에 관심이 조금만 있어도 알 수 있는 사실이다.

"미국은 관여할 수 없을 거요."

"어떻게 말입니까?"

"미군 기지에 남은 병력 전부가 인질이 될 테니까."

이게 과연 한 나라의 장관이 조직 폭력배와 나눌 대화인지부터가 의심스럽지만 에구치는 먹잇감을 노리는 포식자처럼 의미심장한 미소를 지었다.

"그게 가능한 시나리오입니까?"

"가능하게 될 거요. 계엄령을 내리는 동시에 미군 기지부터 장악할 거니까."

"계엄령이라고 하셨습니까?"

"그렇소. 그러니 우리 편으로 끌어들여야 할 사람이 아주 많지 않겠소. 그래서 당신더러 오야붕이 되라는 거요. 이미 내각조사실에서 정지작업 중이니까 반대하는 사람은 없을 거요."

"내각조사실에서 우리 조직 일에 관여한다는 겁니까?"

"지금은 비상시국이요. 서로의 영역을 침범하지 말자는 암묵적인 룰이니 뭐니 하는 것은 당분간 잊어버리시오."

결국 빠져나갈 방법이 없으니 돈을 내놓으라는 거다.

반대하는 정치인을 돈으로 구워삶아서 계엄령을 강행하겠다는 의지를 보여주는 거다.

"D—DAY가 언제입니까?"

"그건 아직 말할 수 없소. 하지만 임박했으니 서둘러야 할 거요."

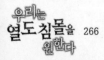

"그만한 돈을 마련하려면 한 달은 주셔야 합니다. 전쟁이 날 거면 한국에 벌여놓은 사업도 철수해야 하니 그만한 시간은 필요합니다."

"좋소. 한 달은 기다려주겠소."

"감사합니다."

100억 엔이나 되는 돈을 내놓으라는데 나카지마는 오히려 고맙단다.

그가 그리 말하는 이유는 간단했다.

자신이 야마구찌 구미 오야붕이 된다면 1년에 수조 엔이 넘는 돈을 만질 수 있기 때문이다.

* * *

이번엔 에구치 장관이 나카지마를 만났다는 첩보가 입수되었다.

수리가 위성을 통해 나카지마와 에구치를 동시에 추적 중이었는데 접점이 생긴 거다.

그리고 나서 며칠 뒤 나카지마가 부산에 나타났고, 크로우 용병단에 백기를 들었다.

"나카지마 사장! 지금 뭐 하자는 겁니까?"

"오야붕이 실종된 마당에 당분간 본토에 집중하기로 결론이 났습니다. 저야 위에서 하라면 하라는 대로 움직여야 하는데 어쩌겠습니까?"

"그래도 그렇지 이렇게 가버리면 우리더러 어쩌란 겁니까?"

"허허 참. 저도 어쩔 수 없다니까요. 우릴 방해하게 되면 황 사장님 제거를 위해 닌자가 올지도 모릅니다."

"니… 닌자?"

"해결사 말입니다. 그림자라고도 하는데 그들이 나서게 되면 가차 없습니다. 타깃은 무조건 죽여 버리니까."

처음 부산에 들어와서 함께 하자고 할 때는 온갖 감언이설을 늘어놓더니 철수할 때는 얄짤 없었다. 철수를 방해하면 킬러를 보내서 죽이겠다고 협박까지 했다.

하지만 황일룡도 위기를 겪고 있는 만큼 이대로 보냈다간 구룡파는 끝장이란 걸 알기에 필사적으로 나올 수밖에 없었다.

"그럼 그대로 놓고 사람만 빠져나가는 걸로 합시다."

"그건 안 됩니다."

"우리더러 다 죽으란 거요?"

"본토 사정이 그거까지 신경 쓸 여력이 없다니까 그러시네."

"사업장 대부분 공격받고 있고 지분도 나누어져 있는데 그걸 다 정리하겠다면 우리더러 어쩌란 겁니까?"

"…으음. 그럼 이렇게 합시다."

"어떻게 말입니까?"

나카지마는 술을 한 잔 마시고 다시 물까지 한 모금 마

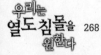

시더니 자세까지 고쳐 앉았다. 자갈치에서 유명한 횟집이고 밀실까지 있어서 누가 엿들을 수 없는 구조인데도 목소리를 낮춰서 중요한 비밀이라도 말하는 것처럼 속닥거렸다.

"곧, 전쟁이 날 거요."

"저, 전쟁이요?"

"그렇소. 그러니 차라리 정리해서 같이 본토로 넘어갑시다. 그게 살길이요."

"지금 일본이 또 한국을 침공하겠다는 겁니까?"

"역사는 반복되는 법이요. 한국이 일본을 무시하고 있으니 정치인들이 참을 만큼 참았다는 거 아니겠소."

황일룡은 조직을 만들어 먹고 살지만, 일본이 또 한국을 침공하겠다는데 제정신일 리가 없다.

'이런 미친놈들…….'

엄청난 얘기를 들어 버려서 어떻게 리액션해야 할지 모를 정도로 놀랐다.

그런데 또다시 생각해보니 지금까지 이뤄 놓은 것이 아깝다.

"정말 전쟁이 나는 거요?"

"시간문제일 뿐이오."

"생각할 시간을 주시오."

"…으음. 길게는 안 되고 이틀이면 되겠소?"

"그렇게 합시다."

황일룡은 회계 담당인 김선규를 급하게 만났다.

　일본이 전쟁을 일으킨다면 제일 먼저 부산이 타깃이 될 것이 뻔하다.

　전쟁의 승패와 상관없이 부산은 망가질 거란 뜻이다.

　전쟁이란 이기든 지든 그 피해는 고스란히 민간인들에게 피해가 온다.

　남들은 자신을 건달이니 조폭이니 비웃지만, 전쟁은 모두가 피해자가 될 뿐이다.

　"전쟁이요?"

　"그래. 나카지마를 만났는데 느닷없이 철수하겠다잖아. 그러면서 나보고도 같이 넘어가자는데 괜히 하는 말 같지는 않았어."

　"진짜 일본이 전쟁을 일으킨다는 겁니까?"

　"그렇다니까."

　"그럼 당장 정리해서 한국을 떠야 하는 거 아닙니까?"

　"일본 말고?"

　김선규는 일본 말고 다른 나라로 가야 한다는 뉘앙스로 말했고 황일룡도 금방 알아들었다.

　한국과 일본 사이에 전쟁이 일어나면 어느 한쪽도 안전하지 않다는 것이 그의 주장이었다.

　"일본이라고 안전하겠습니까?"

　"그건 또 무슨 소리야?"

　"모르십니까?"

"뭘?"

"요즘 한국에 미국도 어쩌지 못하는 무기가 있잖습니까?"

"그게 뭔데?"

"진짜 모르십니까?"

아주 눈곱만큼이라도 관심이 있다면 모를 수가 없는데 황일룡은 깜깜했다. 김선규는 이런 소식에 해박한 지식을 뽐냈는데 황일룡 주위에 있는 측근 중 유일한 대학 졸업자이기도 했다.

"그냥 말해. 내가 뉴스랑 담쌓은 거 몰라서 그래?"

"아테나 구축함이라고 미국에서도 수입해간 구축함이 있잖습니까?"

"그거라면 나도 듣기는 했는데 다 쇼하는 거라고 그러던데?"

"쇼가 아니라 정말이라니까요. 한국과 미국 이스라엘이 뭉쳐서 MU—7 동맹을 결성했는데 그것도 모르십니까?"

"그러니까 김 이사가 하고 싶은 말이 뭐야?"

"한국도 만만하게 당하지만은 않는다는 겁니다."

"되려 일본이 당할 수도 있다?"

"그럼요."

"그럼 어쩌자고?"

"혹시 모르니까 정리해서 서울로 가든가. 아니면 베트

남도 괜찮구요."

김선규는 자산을 정리하는 것까지는 동의했는데 일본으로는 가면 안 된다고 주장했다.

들고 보니 황일룡도 그런 것 같아서 흔들리기 시작했다.

"베트남?"

"아니면 중국도 괜찮긴한데 전 베트남을 추천합니다."

"왜지?"

"여기 정리해서 조금만 들고 나가도 베트남에 가면 황제처럼 살 수 있다고 들었습니다."

"현금 챙겨서 밀항이라도 하자는 거야?"

"아무래도 현금 들고 비행기 타기는 힘드니까 달러로 바꾸든지 해서 밀항하는 것이 나을 겁니다. 시간만 충분하다면 방법이 있기는 한데……."

"그게 뭔데?"

"제가 먼저 넘어가서 페이퍼 컴퍼니 하나를 만드는 거죠. 그런 다음에 적당한 품목을 선정해서 주문하면 여기서 돈을 보내는 겁니다."

"정상적인 거래처럼 위장하자는 거로군."

"그렇습니다."

황일룡은 하루를 고민하더니 결심했다.

일본으로 건너가는 것은 문제가 있는 것 같아서 김선규가 하자는 대로 하기로 결심한 것이다.

한 달이라는 시간이 있다고 했으니까 김선규를 보내서 빨리 준비하면 대충 시간을 맞출 수 있을 것 같아서다.

* * *

"갑자기 정리하기 시작했다는 말이죠?"

"네. 사업체 정리하고 물러날 거니까 공격을 멈춰달라고 했습니다. 그것도 황일룡 사장이 직접이요."

"…으음."

에구치를 만난 나카지마가 부산으로 와서 황일룡을 만났다는 걸 알고 있었다.

대화 내용까지는 몰랐는데 돌아가는 상황을 보니 뭔가 이해할 수 없다.

"갑자기 모든 사업을 중단하겠다고 백기 투항했다는 말이죠?"

"네. 그렇습니다."

갑자기 이러는 이유가 뭘까?

'아무래도 스파이더 드론을 살포해야겠어.'

돌아가는 상황을 쉽게 이해하기 힘들었다.

막무가내인 놈들이 갑자기 사업을 정리하고 철수하겠다고 휴전을 요청했다는 거다.

야쿠자가 이렇게 쉽게 물러난다는 건 내 기준에서는 있을 수 없는 일이다.

내가 알기로 이놈들은 적당히라는 걸 모르는 족속이기 때문이다.

야마구찌 구미가 혼돈 그 자체라고 해도 나카지마가 한국 사업을 포기하고 돈을 챙겨가는 데는 분명 다른 이유가 있다고 생각했다.

서울에서 대기 중이던 알파팀을 소환해서 나카지마와 황일롱의 신병을 확보해서 아틀란 시티로 넘어갔다.

고문이 안 되면 자백 주사라도 놓아야 하나 생각했는데 나카지마는 살짝 겁만 줘도 줄줄 쏟아냈다.

직접 겪어보니 나카지마는 주먹보다는 머리를 쓰는 쪽이었던 모양이다.

"에구치 장관이 그렇게 말했다고?"

"그렇습니다. 친위 쿠데타를 일으켜서 정치권을 일소하고 한국과 일전을 벌이겠다고 했습니다."

정말 어이가 없었다.

지금 일본이 한국에 덤빈다는 것은 계란으로 바위를 치는 격이다. 그놈들도 그걸 알 것인데 친위 쿠데타를 일으켜 헌법을 수정해서 군대를 만든 다음 한국을 치겠다는 것이다. 지금이 아니면 때를 놓친다고 했다나 뭐라나.

"그게 다야?"

"정치 자금 100억 엔을 달라고 했습니다."

"하여간 어딜 가나 정치하는 놈들은 창피한 줄도 모르고 돈 타령이군."

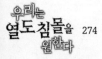

개인적으로 정치의 본질은 국민을 위한 봉사라고 생각하는데 실제로 정치하는 꾼들은 자신과 자신이 속한 집단이 한몫 챙길 기회로만 여기니 구제 불능이라고 생각할 뿐이다.

"제가 할 말은 다 했으니 이제 돌려보내 주십시오."

"기회를 주지."

"무슨 기회 말입니까?"

"한국은 일본에 지지 않아. 오히려 열도가 침몰할 정도로 위기를 겪게 될 거야. 다시 말해서 일본에 있다간 아비귀환의 지옥을 느끼게 될 거란 뜻이야. 차라리 여기 있는 것이 안전할 텐데 어떻게 생각해."

"하지만 가족이 있습니다."

"좋아. 가족까지 데려올 기회를 주지. 어때?"

"저한테 왜 이러는 겁니까?"

나카지마는 기회를 주겠다니 오히려 당황했다.

누구 말을 들어야 할지 모르겠으나 관방장관이 거짓말할 거라고는 생각하지 않았다.

그래서 가족 때문에라도 돌아가야 한다고 항변했다.

"말 그대로 살아날 기회를 주는 겁니다. 전후 복구를 위해서 내 지시를 따라줄 인재가 필요하기도 하고."

"그 말은 일본이 망가진다는 겁니까?"

"나와 우리 한국은 열도 침몰을 원합니다. 지금은 그럴 힘도 갖췄으니 일본은 필패합니다."

"그… 그런?"

"한국이 얼마나 강하고 준비가 완벽한지 알게 된다면 에구치 장관도 그런 말은 못 했을 겁니다. 제 입장에서는 어떻게 선전포고 하나 고민하고 있었는데 차라리 잘된 거죠."

스즈키 총리가 친위 쿠데타를 일으켜 전쟁광들로 내각을 구성하면 한국을 상대로 선전포고를 하게 될 거다.

이건 울고 싶은 아이에게 뺨을 때려주는 것과 다르지 않은 일이다.

'한 달이란 말이지?'

언제 시작할까, 고민이 많았다.

그런데 놈들이 먼저 시작해주겠다니 이보다 더 좋을 수가 없다.

"그럼 한국도 전쟁을 준비하고 있었단 겁니까?"

"우린 훨씬 오래전부터 준비하고 있었습니다. 일본이 상상할 수도 없었던 그때부터."

"생각할 시간이 필요합니다."

"하루 드리죠."

나카지마 하고는 대충 마무리했는데 황일룡에게는 다른 일을 제안했다.

위험하지만 포기할 수 없는 제안을 말이다.

"네?"

"일본으로 건너가라고 했습니다."

"왜 그런 제안을 하는 겁니까?"

"실수했으니 그것을 만회할 기회를 주는 겁니다."

"일본에 가서 뭘 하란 겁니까?"

"나카지마 사장이 말한 대로 곧 전쟁이 일어나게 될 겁니다."

"정말 전쟁이 나기는 나는 거군요."

"하지만 일본이 아니라 한국이 승리할 겁니다. 그것도 압도적으로."

황일룡은 순간 김선규가 했던 말이 생각났다.

최근 한국 군사 전력이 급격하게 상승했다고 하더니 누워서 식은 죽 먹는 것처럼 자신을 납치한 이 사람도 그리 말했다.

"전쟁이 일어난다는데 왜 저를 일본으로 보내는 겁니까?"

"전쟁이 일어난다고 해서 다 망가지는 건 아닙니다. 특히 도쿄와 같은 사람이 많은 대도시는 더 그렇죠."

"그렇다면 더 이상하지 않습니까?"

"황 사장님이 해줄 일이 있습니다."

"그러니까 그게 뭡니까?"

"야마구찌 구미를 먹는 겁니다."

"……."

광오하다 못해 황당하기 짝이 없다.

황일룡은 지금 무슨 소리를 들었는지 믿기지 않아서 귀를 후벼 팠다.

"믿기지 않을 거라는 거 압니다. 하지만 전 당신이 생각하는 것보다 훨씬 더 많은 것을 할 수 있다는 걸 알았으면 좋겠군요."

"정말 제가 야마구찌 구미를 장악할 수 있을 거라고 보십니까?"

"제가 뒤를 봐주면 가능합니다. 수리야, 야마구찌 구미 원로들이 뭘 하고 있는지 보여줘."

―네. 백호님.

이미 위성이 연결돼 있기에 수리는 동북아시아 어디라도 보여줄 수 있었다.

미리 준비해둔 대형 모니터에 고베시 어느 집을 보여주고 있었는데 커다란 집 마당에 검은 양복을 입은 야쿠자들이 즐비하게 늘어서 있었다.

그리고 일본 전통 의복을 입은 늙은이들이 정원 원탁에 동그랗게 앉아 있었다.

"저 사람들은 지금 차기 오야붕으로 누굴 추대할지 의논하고 있습니다."

"네?"

"야마구찌 구미 원로들이죠. 쓰가루 오야붕이 사망하고 후지타가 실종된 다음 유력한 후보가 사라지자 야마구찌 구미는 혼돈에 빠졌습니다. 계파 간 싸움이 치열해지자 조직이 더 망가지기 전에 원로들이 나선 겁니다."

"실시간이란 말입니까?"

"당연히 실시간이고 제가 보유한 위성이 촬영하고 있는 겁니다."

"거짓말 말아요. 위성이 저렇게 선명한 화면을 보여줄 리가 없잖습니까?"

"우리 WT에겐 가능한 일입니다. 아테나급 구축함도 만들었는데 이 정도는 아무것도 아니죠."

황일룡은 머리가 복잡해졌다.

'생각해라. 황일룡!'

황일룡은 필사적으로 머리를 굴렸다.

이젠 현역에서 물러나 편한 노후를 즐길 수 있을 거라고 생각했었는데 갑자기 일이 터졌고, 이게 다 야쿠자와 함께한 대가라는 걸 깨달았다.

"좋습니다. 가겠습니다. 그런데 가서 제가 뭘 어떻게 해야 하는 겁니까?"

"야마구찌 구미는 지금도 혼돈 그 자체지만 바닥이 어딘지 모를 때까지 흔들어 놓을 겁니다. 그러니까 믿을 만한 부하들을 데리고 도쿄로 가서 야마구찌 구미가 가진 것을 싹 다 먹어 치우는 겁니다."

"가능할지 모르겠지만 최선을 다해보겠습니다."

"잘 생각하셨습니다."

"제가 뭐부터 하면 되겠습니까?"

"일단 부산으로 돌아가야죠."

"부산이요?"

"네. 여긴 북극에 있는 아틀란 시티입니다."

창문도 없는 밀실에서 깨어난 황일룡이라 이곳이 어딘지 모르고 있었다.

분명 부산에 있었는데 언제 북극까지 온 것일까? 하는 생각만 들었다.

"북극이요?"

"네. 잠시 잠들어 있으면 금방 부산에서 깨어나게 될 겁니다. 건강에 문제없으니 걱정 마시고."

"네? 아! 네."

* * *

시간은 빨리 지나가고 스즈키 총리는 정말로 친위 혁명이란 것을 일으켰다. 그러더니 미군 기지를 일거에 장악하는 또라이 짓을 저질렀다.

버트너 대통령이 놀라기도 전에 일본 열도 전역에 계엄령을 선포하더니 내각을 전부 자위대 출신으로 교체했다. 그렇지 않아도 5할 이상을 자위대 출신으로 교체했었는데 남은 각료마저 이참에 싹 갈아치운 것이다.

"이제 우리 자위대는 자랑스러운 대일본의 자랑스러운 자위군으로 태어날 것입니다."

계엄령을 선포하면서 외친 스즈키 총리의 일갈이다.

스즈키 총리가 일으킨 친위 쿠데타는 전 세계가 놀랐으나 한국만이 이럴 줄 알았다면서 비난 성명을 발표했다. 미군이 인질로 잡힌 일 또한 놀라운 일이었는데 우리는 이걸 알고 있었으면서 일부러 방치했다. 미군이 어떤 식으로든 개입하려는 의지를 막아야 했으니 말이다. 그랬더니 포트먼 장관이 득달같이 서울로 날아왔다.

"혹시 이거 알고 계셨습니까?"

"뭘 말입니까?"

"일본의 계획 말입니다."

"자위군의 기지 점거를 말씀하시는 거라면 몰랐습니다."

"정말입니까?"

"지금 그게 중요합니까?"

"제 입장에서는 주일 주둔군의 안전이 무엇보다 중요합니다."

"인질이라고 발표했으니 스즈키 총리가 미치지 않았다면 주둔군을 어쩌진 못할 겁니다."

"그래도 이건……."

"제가 되묻고 싶군요. 정말 몰랐습니까?"

난 미국이 스즈키 총리가 어떻게 움직일지 모르고 있었다는 말 믿지 않았다.

가뜩이나 불안정한 시기에 CIA가 일본 정치권에 대한

감시를 느슨하게 했을 리가 없으니 말이다.

"친위 쿠데타를 말하는 거라면 솔직히 알고 있었습니다."

"그만하면 저도 알고 있다는 것을 생각하셨을 거 같은데 왜 제게 연락하지 않으셨습니까?"

"그건 내 결정이 아니었습니다."

"그러니까 버트너 대통령이 아직도 한국과 일본 사이에서 갈등하고 있다는 겁니까?"

"그보단 국익을 생각하는 거겠죠. 솔직히 이런 말까지 하는 건 좀 그렇지만 이런 상황에선 대통령도 제게 공유하진 않습니다."

이건 좀 의외다.

국무부 장관에게도 말하지 않을 정도면 실세에서 밀려난 것인가? 하는 생각이 들 정도다.

"사이가 예전 같지 않은 모양이죠?"

"그렇다기보다 일본이 적극적으로 로비를 하고 있었습니다. 아마도 돈맛에 취했겠죠."

그렇다면 조금은 이해가 간다.

친위 쿠데타를 일으킬 시간을 벌기 위해서 전방위적으로 로비를 했던 것이다.

잠시 일본 쪽으로는 시야를 돌리지 못하게 말이다.

하지만 실망이 큰 건 어쩔 수 없었다.

"실망스럽군요. 전 그렇게 기회를 줬는데 그까짓 로비

에 휘둘리다니 말입니다."

"그 점에 대해선 저도 할 말이 없습니다."

"일본이 그렇게까지 무리수를 둔 이유가 뭐라고 생각하십니까?"

"주둔 미군을 인질로 잡아 미국을 중립국으로 만들 생각이었다고 하지만 아마도 미군 기지에 있는 무기 때문이었을 겁니다."

"혹시 요코타 기지에 스즈키 총리가 탐낼만한 뭔가가 있는 겁니까?"

"그게……."

"말씀해 주셔야 하지 않겠습니까?"

주저하는 포트먼 장관을 노려보았다.

"시험 중인 F—22가 있다고 하더군요."

본래 우리가 과거로 오지 않았다면 현존하는 가장 강력한 하늘의 제왕이 되었을 랩터가 요코타 미군 기지에 있단다.

"이상하군요. 그건 시험 중이었다가 중단된 것으로 아는데 말입니다."

"로키드 요청으로 비밀리에 테스트를 진행했던 모양입니다. 저도 며칠 전에 알았습니다."

"미국은 앞에선 안 그런 척하면서 항상 그런 식이군요. 중단된 프로그램을 일본에 팔기라도 하려던 거였습니까?"

"인정합니다. 로키드가 그리 움직였다면 백악관 허가 없이 움직이기는 힘들었을 테니까요."

"이렇게 되면 미국도 일본과 다를 것이 없어지는데 제가 참아야 할까요?"

"우리 미국과 전쟁이라도 치르겠다는 겁니까?"

"어떻게 생각하십니까?"

"뭘 말입니까?"

"한국이 미국과 붙으면 어떻게 될까요?"

"그, 그건……."

포트먼 장관은 차마 미국이 이길 거라고 대답하지 못했다. 쉽게 무너지지는 않겠지만 한국이, 아니 정확히는 눈앞에 있는 강백호란 사람이 뭘 할 수 있는지 알기 때문이다.

"마지막입니다. 돌아가셔서 한국과 일본 사이에 일어나는 일에는 중립을 지키라고 하세요. 물론 결과가 나왔을 때는 한국을 옹호하셔야 합니다. 아, 만일 일본이 이긴다면 스즈키 총리 손을 들어주셔도 상관없습니다."

"후~ 알겠습니다."

"이번에도 제 뜻과 다르게 움직인다면 한국은 미국을 등지게 될 겁니다. 제 국적과 WT그룹의 정체성 또한 변화를 겪게 될 것이구요."

"아, 알겠습니다."

포트먼 장관은 내 경고를 알아들었다.

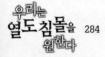

"스즈키 총리가 얼마나 오만한 생각을 하고 있는지 확실하게 보여드릴 생각입니다."

"끔찍한 일들이 벌어지겠군요. 동북아에 다시 전쟁이라니…….".

포트먼 장관은 고개를 숙였다.

국제무대에 알려진 정치인으로서 전쟁은 지긋지긋해서다.

중동에서 벌어지는 전쟁만 해도 충분히 혐오스러운데 그 전쟁이 동북아시아에서 다시 벌어지려고 했으니 미국의 국무부 장관으로서 실패한 느낌일 것이다.

"그렇게 끔찍하지는 않을 겁니다."

"그건 또 무슨 말씀입니까?"

"이번 전쟁은 보통의 전쟁과는 좀 다를 겁니다."

"도대체 어떻게 하려는 겁니까?"

"두고 보시면 압니다. 참, 스즈키 총리가 중재를 요청해도 한국이 허락할 때까지는 절대 받아들이시면 안 됩니다."

"대통령님께 보고는 드리겠습니다."

〈다음 권에 계속〉

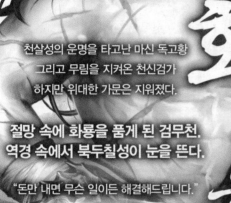

천살성의 운명을 타고난 마신 독고황
그리고 무림을 지켜온 천신검가
하지만 위대한 가문은 지워졌다.

절망 속에 화룡을 품게 된 검무천.
역경 속에서 북두칠성이 눈을 뜬다.

"돈만 내면 무슨 일이든 해결해드립니다."

붉은 머리카락을 휘날리는 용병 검무천.
무림에 다시 드리운 어둠과 맞서 싸운다.
그가 가는 길은 또 다른 전설이 된다.

화룡을 품은 아이

송세종 무협 장편소설

어울림
BOOKS

이계로 넘어간지 오백년.
가족이 걱정되어 돌아왔다.
안빈낙도의 삶을 누리겠다고 결심했다.
이계의 침공이 있기 전까지.
나는 확신했다.
이대론 안 돼. 가족들도 위험해져.

나는 나 자신을 숨기지 않았다.
하지만 나는 몰랐다.
이 모든 것이 별의 주인을 위한 과정이었음을.

별의 주인과 선의 마법사

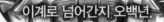

어울림
BOOKS

등대빛 현대판타지 장편소설